大活字本シリーズ

常在戦場《下》

火坂雅志

会

常在戦場

下

装幀　関根利雄

目次

常在戦場

梅、一輪

一

徳川家康初期の功臣といえば、
酒井忠次《さかいただつぐ》
石川数正《いしかわかずまさ》
の名があげられる。
東三河の地侍たちをひきいる旗頭が酒井忠次で、西三河の旗頭が石川数正であった。二人はともに、三河の地侍のなかでは名家の出で、家康が駿河今川家で人質暮らしを送っていた少年時代から側近として仕えていた。いずれも実家の力を背景にしているものの、あるじとの個人的な結びつきと、みずからの才覚によってその地位を手に入れている。

彼らに対し、徳川家臣団のなかで特異な地位を築いていったのが、大久保家にほかならない。

大久保家には、代々伝わるひとつの家訓があった。

「子は宝なり。一族繁栄のため、子作りに励むべし」

というものである。

その家訓のせいかどうか、大久保家には子沢山《こだくさん》な者が多い。このため、大久保一族は本家だけでなく、支族の端々まで血脈の枝葉を繁茂

させ、

——大久保党

と呼ばれる、ひとつの族党組織を形成するに至った。その一党に属する者、ゆうに七十余名を数える。徳川家臣団のなかでの、一大勢力といっていい。まさしく、数は力なりである。

大久保党は、草創期以来の家康の合戦にすべて参戦。ことに、家康が三河統一を果たさんとする時期に起きた浄土真宗石山本願寺派の蜂起——いわゆる、三河一向一揆鎮圧戦での奮戦ぶりは、のちのちまで一党のあいだの自慢のタネとなっている。

三河はもともと一向宗が強勢な土地柄で、家康家臣の石川数正や本多忠勝ら、多くの者も一向宗徒であった。むろん、石川数正や本多忠勝は家康に従ったが、同族のなかには一揆方に加わる者もいたため、しぜん、一揆鎮圧の戦いの鉾先《ほこさき》は鈍る結果となった。

その点、大久保党は、代々の法華宗信者である。岡崎城へ押し寄せる一向一揆に対し、彼らは、

——南無妙法蓮華経《なむみょうほうれんげきょう》
の旗を押し立てて勇猛果敢に立ち向かい、これを撃退せしめた。いまだ勢力基盤の弱かった家康にとって、これほど心強い味方はいなかった。

「よくぞやってくれた」

まだ二十二歳の若さで、後年のように感情を肉厚の瞼の奥に押し隠すしたたかさを身に付けていなかった家康は、大久保党ひとりひとり

の手を強く握り締め、その労をねぎらった。

のちに徳川幕閣の重鎮となる大久保忠隣《ただちか》は、このとき十一歳。まだ元服前のことで、合戦には加わっていない。

ただし、多感な少年の目に、大久保党の武功はあざやかな印象をもって刻まれ、

（わが身のうちには、誉れある一族の血が流れているのだ……）

と、揺るぎない誇りと強い同族意識をたたき込まれた。

大久保新十郎忠隣――。

「武功武辺忠誠無双ノ人」（『大久保家記別集』）といわれた大久保忠《ただ》世《よ》の嫡男である。天文二十二年（一五五三）、三河国碧海《あおみ》郡上和田《かみわだ》郷に生まれ、幼名を千丸《せんまる》という。

忠隣の父忠世は、大久保党の本家の当主ではない。忠世の伯父にあたる忠俊の家系が本家筋であったが、支流の忠世の家のほうに人材が輩出し、徳川家臣団で重きをなした。

忠世の弟治右衛門忠佐《ただすけ》は美髯《びぜん》自慢で知られ、長篠《ながしの》合戦での際立った活躍から、

――長篠の髯《ひげ》

と、織田信長に賞されたとの逸話が残っている。また、もうひとりの弟彦左衛門忠教《ただたか》は、歯に衣《きぬ》着せぬ言説で知られ、『三河物語』の作者としても高名である。

三河一向一揆のあと、勝利に気をよくした家康は、大久保忠世に、

「望みがあれば何なりと申してみよ。そのほうの武功にかえて叶えよ

う」

と、いくさの興奮醒めやらぬ面持ちで言った。

この戦いで、忠世は押し寄せる一揆勢の前に立ちふさがり、片目に矢を受けて傷つきながらも、体を張って敵の進撃を食い止めるという大功をあげている。

忠世は晒《さらし》に巻かれた顔を伏せ、

「殿にお仕えする者として当然のことをなしたまでにございます。望みというほどのものはございませぬ」

と、控えめに頭を下げた。

それを見た家康は、忠世に対する感謝の念をいよいよ深くし、なおも言葉を重ねた。

「遠慮することはない。そのほうの働きなくば、わが身はどうなっていたか知れぬのだ。恩には報いねばならぬ」

「さればひとつだけ」

「おう、願いがあるか」

「はい」

忠世は隻眼を上げ、あるじをひたと見つめた。

「わが子千丸を、殿の近習《きんじゅ》の端にお取り立て下さいませ。それよりほか、願いの儀はござりませぬ」

「さようなことか」

家康は上機嫌に笑い、

「よかろう。千丸は行くすえ長く、このわしが面倒を見よう」

と、元服のさいの烏帽子親《えぼしおや》まで、みずからかって出た。

千丸あらため大久保新十郎忠隣は、その武将としての人生の始まりから、家康の格別の引き立てと一族の栄光のなかにつつまれていたことになる。

二

大久保忠隣が初陣《ういじん》を飾ったのは、永禄十一年（一五六八）、遠州堀《ほり》川《かわ》城攻めのときである。当時、家康は頽勢にあった今川氏真《うじざね》を滅ぼすべく、遠州へと兵をすすめていた。

忠隣は十六歳。

父ゆずりの堂々たる体軀《たいく》の若武者に成長していたとはいえ、初陣はやはり恐ろしい。膝の裏あたりがむずむずとし、わけもなく手のうちに汗が湧いた。

「若造、臆しておるのか」

出陣前に声をかけてきたのは、榊原康政《さかきばらやすまさ》であった。

康政はのちに、徳川四天王に名をつらねる勇猛の士である。小姓をつとめていたころから家康に可愛《かわい》がられ、二十一歳になる今日まで幾多の戦功を重ねている。

「臆してなどおりませぬ」

忠隣はつとめて平静をよそおって言った。

内心の動揺を見透かされるなど、大久保一門としての誇りが許さない。

「さようかな」

榊原康政は戦場灼《や》けで黒光りする顔をゆがめ、

「震えているのではないか。さいぜんから、膝頭がぐらついておるぞ」

「これは武者震いというもの。お気遣いにはおよびませぬ」

忠隣は血走った目で、康政を睨んだ。

「ならばよいが」

かすかな嘲笑を残し、榊原康政が去ったあと、

（なにくそ……）

忠隣は唇を噛み、拳《こぶし》を強く握り締めていた。

背筋を駆け抜ける怒りのために、かえってさきほどまでの脅えが消

え、妙に度胸がすわってきた。膝頭の震えも、いつしかおさまってい
る。
(目にものみせてくれる)
半刻《はんとき》(一時間)後、鉄砲の一斉射撃とともに城攻めがはじまった。
黒鹿毛《くろかげ》の馬にうちまたがった忠隣は、榊原康政、松平信一《のぶかず》、大久保
甚十郎《じんじゅうろう》ら、錚々《そうそう》たる武将たちにまじって先陣争いをおこない、みごと
城内への一番乗りを果たした。
無我夢中だった。
乱戦のなかで何人の敵を槍でつらぬき、屠《ほふ》り去ったかわからない。
ふと気がつくと、総身が蘇芳《すおう》を浴びたように返り血で染まり、周囲
から敵の姿が消えていた。

先鋒《せんぽう》の榊原康政が重傷を負うほどの激戦であったが、忠隣にはかすり傷ひとつなく、戦いも味方の勝利に終わった。

家康は戸板にのせて担ぎ込まれた榊原康政を見舞ったのち、忠隣を呼んで一番駆けの功を激賞した。

「よくぞやった。さすがは忠世の倅《せがれ》じゃ。大久保新十郎は、わが自慢の家臣ぞ」

家康は忠隣の肩を抱くようにして何度もたたき、褒美としておのが身に着けていた陣羽織を脱いで与えた。

若い忠隣の感激、得意の思いは、どれほどのものであったろう。

（このお方のため、徳川家のため、生涯をかけて尽くし抜こう……）

不覚にも、涙がこぼれそうになった。

御前から下がったあと、下された陣羽織を自慢するように父に見せると、忠世は思わぬことを言った。

「あまり有頂天になるな。世に、浮かれて足元を見失うほど恐ろしいことはない」

「されど、父上……」

「なるほど、そなたはわが息子ながら、すぐれた武士《もののふ》の素質に恵まれておるようだ。だが、その才ゆえに天狗となり、とんだ落とし穴に嵌《はま》らぬともかぎらぬ」

「さようことはございませぬ」

忠隣が唇をとがらせると、

「まあ、よい。そなたの浮沈は、つねに大久保一党とともにある。そのことを忘れるでないぞ」

　忠世は釘を刺すように言った。

　息子の慢心を案じての言葉だったが、その後も忠隣の華々しい武功はつづいた。

　翌永禄十二年、家康が今川氏真の逃げ込んだ遠州掛川城《かけがわ》を包囲すると、忠隣は長篠の髯こと叔父の大久保忠佐とともに、夜襲作戦に出撃。敵将近松丹波と死闘を繰り広げた忠佐を援護し、あわや叔父を組み伏せようとした敵の動きを馬上から槍の先で封じて、その危難を救った。

　忠隣の加勢を受けて、近松丹波を討ち取った叔父忠佐は、

「わしが命拾いしたは、そなたのおかげじゃ。この首はそなたが持ち帰り、おのが手柄とするがよい」

と、血まみれの首を差し出した。

忠佐としては、一族の若い忠隣に手柄をくれてやろうという温情のつもりであったのだろう。

だが、忠隣は唇を不敵にゆがめてニッと笑い、

「その首は叔父上が取ったもの。手柄なら、おのが力でつかみ取ってまいりますわ」

馬の首を返すや、あとをも見ずに敵陣へ駆け入り、公言どおり敵の首級を取ってみせた。

遠江の平定に成功した家康は、功のあった家臣たちを新領に配置した。

諏訪原《すわはら》城に松平忠次《ただつぐ》、掛川《かけがわ》城に石川家成《いえなり》、二俣《ふたまた》城には忠隣の父大久

保忠世が封じられている。

忠隣が家康の肝煎《きもい》りで、掛川城主となった石川家成の息女を妻に迎えたのも、このころのことである。

その後も、元亀元年（一五七〇）の姉川の戦い、翌々年の三方ヶ原《みかたがはら》の戦いと、忠隣は父をはじめとする多くの大久保党とともに従軍した。

『大久保留書《とめがき》』には、三方ヶ原の戦いにおける忠隣の逸話がしるされている。

三方ヶ原の戦いといえば、西上する武田信玄の軍勢を、家康が浜松城から決死の思いで撃って出て、その進撃を阻止せんとした戦いである。

浜松城の北方一里の三方ヶ原に展開する武田軍を追う家康の顔面は、

兜の目庇《まびさし》の下からもわかるほどに青白い。

それもそのはず、相手は戦国最強をうたわれる武田信玄である。二度と生きて城へ戻れるかどうかわからない。しかし、織田信長と同盟を結ぶ家康にとっては避けて通れぬ戦いであり、武士としての意地を賭けた勝負でもあった。

緊張しながら馬をすすめる家康は、ふと、かたわらを歩く徒士《かち》侍に目をとめた。上背のある男で、その身分にはやや似つかわしくない立派な大身《おおみ》の槍を手にしている。

「そなた、新十郎ではないか」

家康は馬上から声をかけた。

肩越しに振り返り、かるく目礼したのは、大久保忠隣であった。だが、忠隣は馬上侍の身分である。徒歩《かち》での護衛を命じたおぼえはない。

「そこで何をしておる、新十郎。おのれの馬はどうした」

「お側を離れず、殿をお守りするには、徒士のほうがよろしゅうございます。万が一、御身に危険がおよんだときには、この槍にものを言わせて捨て身で敵にあたる所存」

「おのれというやつは……」

こわばっていた家康の口もとに、かすかな微笑が浮かんだ。

馬上の身分は武士たる者の誇りである。その大事な誇りをかなぐり捨てても、あるじへの忠節をつらぬくとは、

（かわゆき奴……）

家康は思った。が、言葉には出さず、

「馬鹿めが」

吐き捨てるように言い、視線を前方に向けた。

武田軍二万五千、徳川軍八千によるこの戦いは、武田方の大勝利に終わり、家康は惨敗を喫した。血気にはやる家康を城から誘い出し、野戦に持ち込んだ信玄の老獪な戦術がまさっていたためである。

忠隣は、敗走する家康のそばに付き従って奮戦した。途中、家康が徒士のままの忠隣の身を案じ、

「新十郎、あれに小栗久次《ひさつぐ》が敵の河原毛《かわらげ》の馬を捕えておる。わが命《めい》じゃ。小栗から馬を貰い、駆けて逃げよ」

喉を嗄《か》らして叫んだ。

だが、忠隣は首を横に振ってこれを拒んだ。

「いや、このままでようござる。馬に乗っては殿とはぐれてしまうやもしれませぬ」

「頑固者めがッ！　馬上の侍は、馬上で槍を振るってこそ、まことの力を発揮するものぞ。わが命を聞けぬと申すかッ」

「いかに殿の御命令とはいえ、こればかりは……」

「従わぬと斬るぞッ！」

あるじに一喝《いっかつ》され、忠隣はやむなく小栗久次から河原毛の馬を譲り受け、矢弾のなかを走りだした。

家康は、命からがら浜松城へ逃げ帰った。

忠隣もまた、体じゅうに矢疵《やきず》、刀疵を受けながら生還を果たした。

だが、主従の心には、唇を歯で嚙み破りたくなるような無念の思いがある。

「殿」

「何じゃ」

「悔しゅうござります」

忠隣は拳を板床にたたきつけ、男泣きに泣いた。

「泣くでない、新十郎」

「されど、殿……」

「このわしに、信玄を凌駕《りようが》するだけの力がなかったということだ。命があっただけでも、冥加《みようが》と思うしかあるまい」

家康は言うと、城中の女たちが運んできた竹籠を戦塵にまみれた手でつかみ、

「そなたも食え」
と、忠隣に差し出した。
竹籠のなかには、三河の豆味噌を塗った屯食《とんじき》（握り飯）が入ってい
た。囲炉裏の火で香ばしく炙《あぶ》ってある。
「かようなときに……。食えませぬ」
「それでも食うのだ。新十郎。生きてさえおれば、善き潮目が必ず
めぐってこよう。その日を信じるのだ」
忠隣にではなく、おのれ自身に言い聞かせるようにつぶやくと、家
康は焼き味噌の屯食をみずから手に取って頬張りだした。
目を上げると、家康も声を出さずに泣いていた。
（一番悔しいのは、わしではない。ほかならぬ殿ではないか）

忠隣は、はっと胸をつかれた。

「それがしも相伴《しょうばん》つかまつります」

「うむ」

「塩辛うございますな」

「そなたの涙のせいじゃわ。涙と鼻水が、飯にまじっておるぞ」

「殿こそ」

主従はそれきりものも言わず、ただひたすら、涙のまじった屯食をむさぼりつづけた。

（わしと殿は、生きるも死ぬも一緒じゃ……）

そのとき忠隣は、あるじ家康と心がひとつになったことを、塩辛い屯食の味とともに、たしかに感じた。

三

三方ヶ原の大敗により、人生最大の危機に直面した家康であったが、そのあやうい局面は思わぬ形で解消された。

敵将武田信玄の病《やまい》である。

上洛戦の途上で信玄が病に斃《たお》れたことにより、武田軍は潮が引くように撤退をはじめ、東海道筋から姿を消した。それは同時に、家康の盟友織田信長をさえ恐怖させた、名門武田家の瓦解のはじまりでもあった。

三方ヶ原の戦いから三年後の天正三年（一五七五）五月、徳川、織田連合軍は、信玄の後継者となった武田勝頼《かつより》の軍勢を長篠の戦いで撃破。武田家は、天下取りに向かって勢力拡大をつづける信長の前に衰退をつづけ、天正十年、織田の大遠征軍の攻撃を受けて滅亡した。

武田攻めの論功で、家康はそれまでの旧領に加え、信長から駿河一国を与えられた。

「生きてさえおれば、善き潮目が必ずめぐってくる。まさしく、殿の仰せられたとおりでございましたな」

東海道を遊覧しながら信長が安土《あづち》へ引き揚げたあと、忠隣はあるじ家康に感慨を込めて言った。

「いや、まだまだよ。どこでどんな落とし穴が待ち受けておるやもしれぬ。油断はならぬぞ、新十郎」

家康の予言は的中した。

武田攻めからわずか三月も経たぬうちに、信長が重臣明智光秀《みつひで》の謀叛にあって、京本能寺で横死。ちょうど上方《かみがた》滞在中だった家康は、生命の危険にさらされながら伊賀越えを敢行して領国へ逃げもどった。

家康はいったん上方方面へ兵を出して明知追討に動く構えをみせたが、中国筋にいた羽柴《はしば》秀吉が山崎の戦いで明智を討ったことを知るや、兵を東へ返して、

甲斐

信濃

両国を電光石火の早さで攻め取り、従来の三河、遠江《とおとうみ》、駿河に加えて、五ヶ国の太守にのし上がった。

新領となった甲斐の惣奉行には重臣の鳥居元忠《とりいもとただ》が、信濃の惣奉行に

は忠隣の父忠世が任じられた。

信濃惣奉行として小諸《こもろ》在番を命じられた大久保忠世は、息子忠隣をはじめ、弟の治右衛門忠佐、彦左衛門忠教ら、大久保党をひきいて信濃入りし、一円に睨みを利かせることとなった。

この時期――。

春まだ浅い小諸で、忠隣の運命を変えるひとつの出会いがあった。

その日、忠隣は千曲《ちくま》川のほとりに馬をすすめていた。

あたりには、白梅が馥郁《ふくいく》と咲き匂っている。

主君家康は梅の花が好きで、浜松城内にも幾株か古木の梅を植えている。戦いに次ぐ戦いで、花を愛《め》でる余裕など持たなかった忠隣であったが、噎《む》せるほどの梅の香に、ふとあるじのことを思い出し、

（この眺め、殿に見せたらどれほどお悦びであろうか……）
と、馬の手綱を持つ手をゆるめた。
ちょうどそのとき、忠隣の目に、梅の木の下にいる娘の姿がとまった。
年のころは十六、七であろう。
冴えざえとした瞳が美しい娘である。卯《う》の花色の小袖が、色白の肌によく映っていた。
ただの田舎娘とは思えない。
背筋を伸ばしたたたずまいに、白梅にも劣らぬ凛とした気品がある。
（何者であろう……）
忠隣は興味を持った。

と、そのとき、娘が小腰をかがめて馬上の忠隣に会釈をした。

忠隣もつられて目礼を返した。

娘がにこりと笑い、忠隣の馬に近づいてきた。

「恐れながら、小諸城在番の大久保さまのご一族の方でございましょうか」

「いかにも、そのとおりだが」

「もしやと思い、声をおかけいたしましたが、ご無礼をお許し下さいませ」

娘がよく通る透きとおった声で言った。

「そなたは？」

不審を抱きつつ、忠隣は馬を止めて娘に問うていた。

「かつて武田家にお仕えしていた蔵前衆《くらまえ》、大蔵藤十郎《おおくらとうじゅうろう》なる者の娘にございます」

「大蔵藤十郎……。聞かぬ名だな」

忠隣は首をかしげた。

武田の高名な武将ならともかく、蔵前衆の名までは知らない。

「ご存知ありませぬか」

娘が少し哀しそうな顔をした。

「わが父は、もとは大和《やまと》出身の猿楽師《さるがく》で、猿楽をもって武田さまにお仕えしておりました。それが、算勘《さんかん》の才をみとめられ、蔵前衆に取り立てられたのでございます」

「おお、それなら」

噂に聞いたことがあると、忠隣は思った。

何でも、武田家には能役者上がりの財務官がおり、その卓越した才覚によって亡き信玄に重用されていたというのである。

「あの能役者上がりの男の娘か」

「さようにございます」

娘がうなずいた。

「名は、何という」

「多岐《たき》と申しまする」

「多岐……」

「はい」

「その武田旧臣の娘が、わしに何の用だ」

「お願い申し上げますッ」

泣くように叫ぶや、多岐と名乗る娘が忠隣の馬前にひざまずいた。

「わが父を、お召し抱え下さいませ」

「何と……」

「徳川さまでは、武田の旧臣でいまは浪々している者をお召し抱えになっているとお聞きいたします。わが父は、これといった武功こそございませぬが、金蔵の管理や民政に長《た》けております。必ずや、お役に立つと存じまする。なにとぞ、なにとぞ、お願い申し上げます」

武家の娘としての誇りもかなぐり捨て、多岐は忠隣の前に頭を下げた。

その必死な姿が、なぜか、騎馬を捨てて家康の護衛に付き従っているときの自分と重なった。

（あわれな……）

哀憐の思いが忠隣の胸に湧いた。

「顔を上げるがよい」

忠隣は言った。

「わしは、小諸城在番大久保忠世の嫡男で、忠隣という」

「存じております」

娘が涙で光る目を上げた。

黒目がちな強いまなざしである。どこか、心が魅《ひ》き込まれるような
不思議な雰囲気が、その双眸《そうぼう》にあった。

「最初から、わしを大久保の息子と知っていて、ここで待ち伏せて

いたのか」

「申しわけございませぬ。あなたさまが、毎朝、千曲川のほとりを馬で遠駆けなさると、近在の者に聞いておりましたゆえ」

「わしは大久保家の当主ではない。さようなことは、わが父に申すがよかろう」

「いえ、父をあなたさまのご家臣に取り立てていただきたいのです。父は槍よりも算盤《そろばん》をもって、あなたさまをご出世いたさせましょう」

娘の切羽詰まったぎりぎりの訴えに、心が動いた。

忠隣には、石川家成のもとから嫁いできた妻がいる。「子は宝なり。一族繁栄のため、子作りに励むべし」という大久保家の家訓のとおり、妻とのあいだに次々と子をもうけ、さらには側室もいた。

女には馴れているつもりだったが、多岐という娘を見ているうちに、自分でも制御のできない胸の底に火の塊でも投げ込まれたような感情を、忠隣はおぼえはじめていた。

四

多岐の父、大蔵藤十郎が小諸城内の忠隣の屋敷にやって来たのは、そのあくる日のことである。

大蔵藤十郎は、一度見たら忘れることができない特異な風貌の持ち主だった。

押し出しのいい男である。

背丈はさほど高くないが、顔のつくりが人並みはずれて大きく、二重まぶたのくっきりした目と、肉塊のごとく盛り上がった鼻梁《びりょう》が印象的である。

年は三十代後半。

額が異様なまでに秀で、ぶ厚い唇が紅でも差したように赤かった。清楚な白梅を思わせる娘の多岐とはあまり似ていない。

「それがしが大蔵藤十郎にござります」

もと猿楽師らしく、よく通る底響きのする声で男は名乗りを上げた。仕官をもとめてやって来たにもかかわらず、その態度はどこか尊大で、芝居がかってさえ見えた。

「恐れながら、あなたさまのおんあるじ、徳川さまは天下をお望みでございますかな」

「何を言う」

忠隣は眉をひそめた。

「いやさ、織田さまが本能寺でお斃れになったあと、諸将のうちで天下を狙うことができるのは、逆臣明智を討った羽柴筑前守《ちくぜんのかみ》と、徳川さまのみとお見受け申した。天下を取るには、何よりも先立つものが大事。それがしの旧主武田信玄公も、その力のみなもとは、黒川金山、湯之奥《ゆのおく》金山など、甲州金を生み出した金山の開発による財力にございました」

口上でものべるように、大蔵藤十郎は滔々《とうとう》と語ってみせた。

「それがしをお召し抱え下されば、甲州流の金掘り術をお伝えいたしましょう。それは必ず、徳川さまの天下取りに役立つはず」

「待て。わが殿が、いつ天下取りに乗り出すと申した」

忠隣はやや慌てた。

このころ、天下の情勢は、たしかに緊迫の度合を強めている。

明智光秀を討った羽柴秀吉が主導権を握ってはいるが、北陸筋の越前北ノ庄には織田家の筆頭家老だった柴田勝家《かついえ》がいる。その両者のせめぎ合いを横目に見ながら、忠隣の主君家康は東国で独自の地位を築きつつあった。

（しかし……）

天下などは、まだまだ遠い影絵のごとき話であった。忠隣自身、家康の口からもそのような野心を聞いたことがない。

忠隣の狼狽《ろうばい》ぶりを、どのように受け取ったか、

「お隠しになることはござらぬ。わが旧主信玄公も、京に旗を打ち樹《た》てることが最後の願いにござった。この乱世、漢《おとこ》に生れて天下を望まぬ者がありましょうや」

大蔵藤十郎は決めつけるように言った。

「信玄公のもとで叶わなんだ夢、徳川さまのもとで是非とも成就《じょうじゅ》させたいと存ずる。それがしをお使いになって、あなたさまに損はありませぬぞ」

思い込みが強く、相当な自信家である。

相手のあくの強さに辟易《へきえき》とする思いだったが、

（いや、殿のご本心は、この男の言うとおり、天下におありか。なるほど、いまの殿は、そうなってもおかしゅうないお立場にある……）

忠隣の背筋を、時ならぬ興奮が駆けのぼった。

「甲州流の金掘り術か」

「さよう」

藤十郎は骨格のしっかりした顎を引いてうなずき、

「これを用いれば、領国じゅうの黄金が徳川さまのふところへ入ってまいりますぞ」

忠隣のほうに身を乗り出して、低くささやくように言った。

悪くない話であった。

武田氏の鉱山技術は、ほかの戦国諸将と比較して格段に抜きん出ている。それを我が物とすれば、大きな資金源を手にすることになる。

大蔵藤十郎には、どこか油断ならないものを感じるが、

（ようは、わしの人遣い次第ではないか……）

忠隣は、この脂《あぶら》ぎった能役者上がりの男を使いこなすことが、主君家康への忠義につながると信じた。

忠隣は大蔵藤十郎をみずからの家臣として登用した。

その判断は間違いではなかった。

地方《じかた》巧者である藤十郎は、信濃の領内経営でめきめきとその実力を発揮しはじめた。財政は安定し、その噂は家康の耳にまで達して、

「そなたは、おもしろき者を召し抱えたようだの。それほど使える男なら、信濃のみならず、甲斐の経営もまかせてみよ」

と、声がかかった。

もとより、甲斐は大蔵藤十郎が熟知した土地である。武田家滅亡以

来、打ち捨てられていた金山を再興し、独自の金掘り技術を駆使して金を掘り出した。

あるじの忠隣としても鼻が高い。

忠隣のみならず、浜松の家康の信任まで勝ち得ると、藤十郎は忠隣の耳元でささやいた。

「忠隣さまは、わが娘多岐に思《おぼ》し召《め》しがおありのようでござるな」

「ば、ばかな……」

図星をさされ、忠隣は我にもなくうろたえた。

「あなたさまさえよろしければ、多岐をお側で召し使っていただきましてもよろしゅうございますぞ」

「さようなことはできぬ」

「なにゆえでございます。わが娘も、忠隣さまならば否《いな》やはないと申しておりました」

「余計な気遣いは無用じゃ」

わざと怒ったように突っぱねたが、忠隣の胸は波立っていた。

藤十郎という、金を生む人材を手に入れたように、

（あの白梅のごとき娘が欲しい……）

喉の奥がひりひりするように、多岐を渇望した。

だが、人の心を見透かしたような藤十郎の誘いをそのまま受け入れることは、癪《しやく》にさわった。

それに、恋などという生易《なまやさ》しいものにかかずらわってはいられないほど、世の中は激しく変転している。

羽柴秀吉が北ノ庄の柴田勝家を滅ぼすと、信長の遺児織田信雄《のぶかつ》と結んだ家康との敵対関係が鮮明になった。

いまや、家康も天下に対する野心は隠さず、両者は天正十二年の、

――小牧・長久手の戦い

で、直接対決することとなった。

徳川、羽柴両軍の対峙《たいじ》は長期におよんだが、秀吉が政治力を使って織田信雄を切り崩し、戦いははっきりとした決着がつかぬまま終わった。

その後、秀吉側が西国の毛利輝元、東国の上杉景勝を味方につけたため、家康は、

「これ以上の抗戦は益なし」

と、判断。秀吉政権に従う道を選んだ。

飛ぶ鳥を落とす勢いの秀吉が、小田原北条氏を滅ぼし、家康に関八州への国替えを命じたのは、天正十八年七月のことである。

忠隣の父忠世は、その武辺を評価していた秀吉じきじきのお声がかりで、北条氏なきあとの小田原城へ入り、四万五千石の大名となった。

また、忠隣も武蔵羽生《はにゅう》二万石に封ぜられている。

五

大蔵藤十郎が、忠隣の推挙で大久保党に加えられ、
――大久保長安《ながやす》
と名乗るようになったのは、ちょうどその頃のことである。

話を聞いたとき、父忠世は渋面をつくり、

「まことによいのか。あのような得体の知れぬ者を一族に加えて。あとでどのような煮え湯を飲まされるやもしれぬぞ」

と、息子に苦言を呈した。

「これは、父上のお言葉とも思われませぬな」

忠隣は笑い飛ばした。

「一族の力を強くすることが何より大事と、それがしにお教え下されたは、ほかならぬ父上ではございませぬか。長安が役に立つ男であることは、父上も重々、ご承知でございましょう」

「たしかに、ものの役には立つ。しかし、わしはあの男の野心的な目つきが気に食わぬ。聞けば、あの男は甲州流の金掘り術を人に教えず、独占していうるというではないか」

「人に教えようが教えまいが、金を掘り出してくれればそれでよい。結果がすべてでございます。わが殿も、長安の働きには満足しておられます」

「そなた、変わったな」

忠世が老いた目をしばたたかせた。

「若いころは武辺一辺倒で、人としての幅が足りぬと思うていたが、近頃は肚《はら》がすわり、白いものも黒いものも使い分けるしたたかさを身につけてきたようじゃ」

「恐れ入りましてございます」

「だが、それがそなたにとって、はたして良いことなのか悪いことなのか」

忠世はかすかに眉をひそめた。

「ともあれ、長安めには心せよ。庇《ひさし》を貸して母屋《おもや》を取られては、何にもならぬぞ」

「それこそ、無用の心配。それがしを見くびられては困ります」

「ならばよいが」

最後まで大久保家の行くすえを案じていた忠世は、文禄三年（一五九四）に病で世を去った。

父の死とともに、忠隣は跡目を継ぎ、羽生の城を嫡男の忠常《ただつね》にゆずって小田原城に入った。

小田原は、相模湾をのぞむ温暖な土地である。

気候がよいばかりでなく、城下の武家屋敷や町家には、北条氏時代に植えられた梅の木が多い。生った実で梅干しを作り、遠征のさい兵たちに携行させて、食中毒の防止や疲労回復に用いたという。

城下を埋めつくす白梅を見て、忠隣はときおり多岐のことを想い出した。白梅は女の面影とつながっている。

だが、忠隣が多岐の消息を長安にたずねることはなかった。忠隣にとって、それはすでに切り捨てた想いだった。

それからしばらくして、多岐が病で世を去ったという噂を忠隣は風の便りに聞いた。

小田原城主となった忠隣は、民政に心を砕いた。小田原は初代早雲以来、五代百年近くにわたって北条氏が善政をしいてきた土地である。滅びたとはいえ、領民はいまだに北条氏を慕っている。忠隣は無理に北条氏の施策を変えるのではなく、いいものは積極的に取り入れ、土地との和合をはかった。

順調な領地経営を聞いた家康は、みずからの跡継ぎに定めている息子秀忠の傅役《もりやく》に忠隣を任じた。

(わしがご嫡子の傅役……)

傅役を務めるということは、秀忠が家を継いだあかつきには、その筆頭家老に就く可能性が高い。それは徳川家臣団中の最高位にのぼりつめることである。

「粉骨砕身お役を務めさせていただきます」

秀忠をもり立てることが、すなわち忠隣の家康に対する忠義でもあった。

六

世の変転は早い。

慶長三年（一五九八）八月、天下人豊臣秀吉が伏見城において病死した。と同時に、ここまで忍従の長い時間《とき》を過ごしてきた徳川家康は、満を持して天下取りに向けた動きを開始した。

諸大名は、秀吉の遺児秀頼を奉じて豊臣政権を維持しようとする者と、天下第一の実力者たる家康の新政権に期待する者が真っ二つに分かれた。

かくして勃発したのが、天下分け目の、

――関ヶ原合戦
である。

上方で反家康の旗を掲げた石田三成《みつなり》に対し、豊臣派の上杉征伐の途上にあった家康は、兵を下野《しもつけ》小山《おやま》から返して西上。命運を賭けた決戦にのぞんだ。

このとき忠隣は、家康の嫡子秀忠の別働隊とともにあった。

戦いにさいし、家康は全軍を、みずからがひきいる東海道筋の本隊、中山道《なかせんどう》を経由する秀忠の別働隊の二手に分けていた。信州上田《うえだ》で西軍の石田三成と連携する真田昌幸《まさゆき》を牽制し、合流ののち、一気に敵の出鼻をたたくためである。

秀忠軍に加わったのは、傅役の忠隣のほか、
榊原康政
本多忠政《ただまさ》
牧野康成《やすなり》
らの譜代衆、あわせて三万八千。徳川の主力といっていい顔触れである。ほかに軍監《ぐんかん》の本多正信《まさのぶ》が目付役として付けられていた。
忠隣は、この本多正信という男が嫌いである。
もともと身分の低い鷹匠《たかじょう》であったのを、家康が取り立て、みずからの謀臣とした。鼻がつぶれたような奇怪な容貌をしており、何より目つきが暗い。
かつて忠隣ら譜代衆は、主君家康と水も洩らさぬ緊密な関係にあっ

たが、天下取りが現実味を帯びてきた昨今では、もっぱら謀略家の本多正信をかたわらに置いている。人には言えぬ策謀をめぐらすには、ちょうどよい相談相手なのであろう。

だが、譜代の大久保党をひきいる忠隣には、そのことがおもしろくない。それは本多の側も同じらしく、陣中でも慇懃《いんぎん》に挨拶をかわすものの、

（三河以来の大久保党というが、こちらは殿とは目と目で言葉を交わし合うことのできる仲よ……）

とでも言わんばかりの驕《おご》りが態度にあらわれていた。

中山道をすすみ、信濃国へ入ると、先発隊として木曾方面の地侍たちの調略《ちょうりゃく》をしていた大久保長安が本陣へ情勢報告にあらわれた。

もと武田家臣の長安は、この方面の地侍に顔がきく。忠隣にとっては、どこまでも役に立つ男である。

「木曾の者どもは靡《なび》きそうか」

「ことごとく、お味方につけてござる。鼻薬を嗅がせ、こちらに付くことの利を説けば、造作《ぞうさ》もなきこと。中山道の道案内を申し出てきた者もおりますわ」

「上田城の真田のようすはどうだ」

忠隣は聞いた。

「城に立て籠もる将兵は、わずかに五千。しかし、相手は真田にござる。あなどってはなりますまいぞ」

「いかにも、真田はくせ者だ。少勢とはいえ、油断はできぬ」

大久保党には、先代忠世のときに、真田昌幸が籠る上田城に攻め寄せ、相手の鬼謀の前に敗れ去ったという苦い経験がある。それだけに、忠隣は真田の存在に神経質になっていた。

その日の軍議の席で、忠隣は、

「上田城に対しては、小諸に少勢を残し、主力は中山道を先へ急いだほうが得策と存ずる」

と、意見を述べた。

これを聞いた軍監の本多正信が、唇を吊り上げてせせら笑った。

「大久保どのは、たかが兵五千の真田を恐れておいでかのう」

「恐れているわけではない。ただし、相手は先の上田合戦で徳川勢を手妻《てづま》のごとく翻弄した真田昌幸。むきになって攻めかかって、無駄な労力を費やすことはない」

「家康さまは、真田などひと揉みに揉み潰してまいれと仰せられていた。お言葉にそむくことはできぬ」

家康の命があるという本多の一声で、上田城攻略の方針が決まった。

これに対し、城方の真田昌幸は、和議に応じる素振りをみせながらも、のらりくらりと話を先延ばしにし、なかなか降伏する気配を見せない。

数日後、話し合いが決裂し、

(さては、真田の時間潰しの策であったか……)

と、徳川方諸将が気づいたときには、すでに後の祭りだった。

真田方の十倍近い大軍をもって上田城を包囲した徳川勢であったが、

味方の牧野康成の手勢が敵の巧みな誘いの罠にかかって孤立。これを救援せんものと、大久保勢の旗奉行杉浦平太夫《すぎうらへいだゆう》が命令を待たずに出撃し、足並みの乱れたまま戦闘がはじまった。

ここぞとばかり大手門から討って出た真田勢によって、徳川勢は撃破され、小諸城へ逃げ帰った。

この敗戦だけでも恥辱であったが、秀忠軍が関ヶ原へ駆けつけたとき、すでに戦いは決し、家康ひきいる東軍方が勝利をおさめたあとだった。

大事な決戦に遅参した秀忠に、家康は目通りを許そうともしない。

秀忠の傅役忠隣は、

「なにとぞ若殿にお会いになり、直接申し開きをお聞き下さいませ」

取次役を通じて必死に訴えたが、家康の態度は峻厳だった。

なお悪いことに、軍監の本多正信が家康に次のような報告をした。

「負けいくさの責任は、軍令を無視して抜け駆けした牧野勢と、大久保勢にあり、責められるべきは、かの者たちでござろう」

たしかに軍令違反は間違いない。

しかし、真田の実力を軽視し、上田城攻めにこだわって、そもそもの遅参の原因を作ったのは、

(ほかならぬ、きさまであろうが……)

忠隣は、本多正信を烈しく憎んだ。

その後、家康は近江の浜大津《はまおおつ》まで来たところで、ようやく秀忠との対面を許した。

不始末の責任を背負う形で、牧野康成の息子忠成《ただなり》が出奔。忠隣の家臣杉浦平太夫も、切腹して果てた。

この一件は、本多正信と忠隣のあいだに大きな禍根を残した。

合戦後の配置転換で、忠隣には上州高崎十二万石への国替えという内示が下った。だが、忠隣はこれを拒否した。

（四万五千石から十二万石へ加増というが、これは態《てい》のいい左遷ではないか。大坂にはまだ、豊臣家が残っている。江戸への入口にあたる小田原は、豊臣家との戦いに大きな意味を持ってくる。そこを退けというのか……）

国替えは家康の意思ではなく、本多正信の差し金に違いあるまいと思った。

家康が将来を託した秀忠の身を守るためにも、

（わしは梃子《てこ》でも小田原を動かぬ……）

忠隣は加増転封を拒否した。

忠隣の頑固さに、家康も上州への国替えを断念せざるを得なかった。

七

関ヶ原合戦から三年後の慶長八年、家康は朝廷から征夷大将軍を拝命し、江戸に幕府を開いた。

そのわずか二年後、家康は将軍位を息子秀忠にゆずり、みずからは江戸と上方の中間に位置する駿府《すんぷ》に移って、

——大御所《おおごしょ》政治

を開始した。

大御所家康を取り巻く人材の顔触れは、以前とはがらりと様変わりしている。

忠隣や酒井忠世《ただよ》ら譜代の臣は、江戸の将軍秀忠に付けられ、家康のまわりには本多正信の嫡男正純のほか、僧侶の南光坊天海、金地院崇伝《こんちいんすうでん》、商人で経済に通じた茶屋四郎次郎《しろうじろう》、角倉了以《すみのくらりょうい》、後藤庄三郎、儒学者の林羅山《はやしらざん》、英国人のウイリアム・アダムス（三浦按針）ら、天下統治のために必要な異能の人材が配置された。

——生きるも死ぬも殿と一緒……。

と、心に決めていた忠隣には、一抹の寂しさもないではなかったが、若い将軍秀忠のもとで、忠隣はついに徳川家の筆頭家老の座についた。

ただひとつの不満は、江戸の幕閣に、家康からの目付役として因縁深い本多正信が参画していることであった。

「よろしいではござりませぬか。殿はいまや、幕府第一の実力者。本多の後ろに大御所さまがおわすとはいえ、あちらはすでに隠居の身。これからは、殿とわれら大久保家の世でございますぞ」

忠隣の耳に低くささやき、赤い唇で笑ったのは、てらてらと大きな鼻が脂光りする大久保長安であった。

この男も家康に重用され、大御所政治に参画して年寄衆《としよりしゅう》（老中）の待遇を占めるようになっている。

それも道理である。このころ長安は、徳川家の地方《じかた》行政の中心的な存在となり、幕府直轄領の行政をおこなう関東十八代官を差配するよ

うになっていた。また、奈良奉行、甲斐奉行も兼任し、さらには、

石見《いわみ》銀山

佐渡金山

伊豆銀山

など、諸国の金銀山の再開発をおこなって、徳川幕府に莫大な富をもたらしていた。いまや長安なくしては、幕府財政は成り立たぬほどである。

幕領のうち、じつに百二十万石を差配する長安は、徳川家の筆頭家老となった忠隣とともに、大久保党の力をかつてないほどに高めた。

武田家の猿楽師だった男を、大久保党に取り込んだ忠隣の判断は、間違いではなかったわけである。

もっとも、

（これは……）

と、忠隣が眉をひそめる問題もあった。

成功につぐ成功で巨万の富をたくわえた長安は、大名でさえ真似のできぬ奢侈《しやし》な暮らしを送り、駿府から佐渡、伊豆へ向かうさいには、二十人の愛妾をはじめ、遊君ら百名にもおよぶ女たち、能役者、芸人を従え、葦毛《あしげ》の名馬をつらねてこれみよがしに下るようになっていた。

ときおり忠隣は、

「やりすぎだ」

苦い顔をしていさめたが、長安は聞く耳を持たない。

長安の勢威は、いまや忠隣でさえおさえのきかぬものになっている。

（このさまを見たら、多岐が何と申すであろう……）
忠隣は思った。
権力を手にしながらも、
（わしの胸には、いつからこんなうすら寒い風が吹くようになっていたのか……）
忠隣の心は空虚だった。
だが、走りはじめてしまった道である。いまになって、引き返すことは許されない。
内憂ともいえる長安の乱行とは別に、忠隣には大きな敵がいた。
本多正信、正純父子の本多派である。
将軍秀忠の目付役である正信と、駿府の大御所家康の側近としてめきめき頭角をあらわしてきた息子の正純が、忠隣ら大久保派の前に立ちはだかった。

若いとはいえ、本多正純も父に輪をかけた切れ者である。家康に目通りを願うには、まず正純を通さねばならず、そのことが江戸と駿府のあいだに微妙な温度差を生じさせている。

本多父子と、将軍秀忠を奉ずる忠隣のあいだには、大坂の豊臣家をめぐる意見の対立もあった。

関ヶ原後、摂河泉《せっかせん》六十五万石の一大名に転落した豊臣秀頼に対し、本多派は、

「断固、攻め滅ぼすべし」

と強硬路線をとなえた。一方の大久保派は秀頼に娘の千姫《せんひめ》を嫁がせ

ている将軍秀忠の意向もあって、

「攻め滅ぼすまでのことはない。もはや、豊臣家には幕府に刃向かうだけの力はない」

と、穏健路線をとった。

江戸にいる忠隣には、家康の本心がいずれにあるのか掴みがたい。

ただ、

(現将軍は秀忠さまだ。そのご意思を尊重するのが徳川の臣としての筋であろう……)

と、みずからの路線が正しいことを信じた。

いずれにせよ、目障りなのは本多父子である。忠隣は先手を打つべく、本多派排除に動いた。

耳寄りな情報をもたらしたのは、大久保長安だった。

「本多家に仕える岡本大八《だいはち》なる者が、不正を働いているとの噂がございます。これを衝《つ》けば、本多父子からも、いくらでも埃が出てまいりましょうぞ」

岡本大八は本多正純に仕える用人《ようにん》である。もと長崎代官長谷川藤広《ふじひろ》の配下であったのを、小才がきくというので正純が取り立て、長崎在番を命じていた。

長崎在番は本多家の私的な機関で、現地にあって異国との取引にあたっている。本多父子は、長崎在番を窓口として海外貿易に手を染め、その利益をみずからの政治資金にしていた。

「岡本大八の不正とは、いかなるものだ」

「はい」

長安の語るところによれば、幕閣の実力者である本多父子に近い岡本大八に、九州肥前の大名有馬晴信《はるのぶ》が旧領の回復を依頼し、そのさい工作資金として渡した銀六百枚を、大八がみずからのふところに入れたというのである。

有馬晴信は朗報を待ったが、幕府からは何の沙汰もない。不信をおぼえた有馬晴信が騒ぎだし、公儀に訴えると息巻いているという。

事実とすれば、ゆゆしき疑獄《ぎごく》事件だった。

「よし、岡本大八の筋から、本多正純に揺さぶりをかけよう」

やがて、有馬晴信の訴えで、岡本大八が捕らえられた。その身柄は駿府城内の牢に送られ、事件の詮議には大久保長安があたることとなった。

「こたびの一件は、そのほう一人の知恵ではあるまい。あるじの正純が指図してのことであろう」

長安は大八を責めた。

だが、岡本大八はみずからの罪については認めたものの、正純の関与は一貫して否定した。

「正純の意向が働いていたと白状すれば、そのほうの死一等は減じてくれようぞ」

硬軟さまざまな手を使って本多の連座を引き出そうとしたが、なかなか思うようにいかない。

そうこうするうちに、本多正純が巻き返しに転じ、有馬晴信、岡本

大八がともに切支丹《きりしたん》であることに目を付けて、

「騒ぎのおおもとは、天主教《てんしゅ》を信じる者どうしの馴れ合いによるもの。こうなったからには、いかがわしい切支丹を禁じるべきでありましょう」

と、論点を巧みにすりかえ、非難の鉾先《ほこさき》を自身から切支丹へと向けた。

本多正純の奇策は成功し、岡本大八のみが死罪となって疑獄事件は闇に葬られた。

（おのれ……）

政敵をたたき潰すまたとない好機を、忠隣は逸した。

八

慶長十八年四月――。

大久保長安が中風《ちゆうぶう》の病のすえに世を去った。

鼻につくところも多い男であったが、黄金を生み出す長安の存在が、大久保派の力の源泉であったことはまぎれもない。

長安の死を境に、忠隣の身辺には冷たい秋風が吹きはじめていた。

反転攻勢の機会をうかがっていた本多正信、正純父子は、

「長安は生前、不正な蓄財をおこない、大御所さまに対する謀叛をたくらんでおりました」

と、風評を家康の耳に入れた。

たしかに大久保長安には前々から、佐渡、伊豆、石見の鉱山開発や、諸国の代官領からもたらされる莫大な収益を不正にふところに入れ、私腹を肥やしているのではないかとの風聞があった。だが、家康は長安がもたらす利益のほうに重きを置いていたため、あえてその件を追及することはなかった。

調べてみると、長安の不正蓄財はまぎれもない事実であった。駿府城下の屋敷の蔵から、金七万枚（七十万両）にのぼる途方もない隠し金が発見された。

「長安は不正にたくわえた資金を元手にして、旧主の武田家を再興し、徳川幕府の転覆をもくろんでいた」

そんな噂が世間に流れた。

また、

「長安は日本国中に天主教を広め、南蛮の軍勢を引き入れて大御所さまと将軍秀忠さまを追い出したあと、みずからが家老をつとめる松平忠輝《ただてる》を将軍位に据え、自分は関白になるつもりだった」

などという破天荒な風評まで、まことしやかにささやかれた。

事実がどうであったにせよ、当の長安がこの世の人でない以上、誰にも抗弁のしようがない。

大久保長安の家は、私財没収のうえ改易に処せられた。長安の七人の息子たちは、諸藩へお預けのうえ、切腹を申しつけられている。そのほか、長安とかかわりの深かった大名、代官の多くが、連座、失脚した。

嵐のような政変だった。

その余波は、長安を引き立てた忠隣の身をも飲み込もうとしていた。

それは、突然やってきた。

翌慶長十九年正月、大久保忠隣失脚――。

忠隣は上方における切支丹取り締まりの命を受け、年明けから上洛していたが、そのあいだに、

――謀叛の企てあり。

と疑いをかけられ、申し開きをする機会も与えられぬまま、配流の処断が決定したのだった。

幕府からの知らせを受け取った京都所司代の板倉勝重《いたくらかつしげ》は、処分を伝

えるべく、年寄衆の奉書をたずさえて忠隣が宿所としている藤堂高虎《たかとら》邸へおもむいた。

おりしも忠隣は、高虎を相手に将棋をさしていた。

「配流だと」

忠隣は盤上から視線を離さず、勝重に問い返した。

「罪状は何か」

「幕府に対する謀叛にござる」

「謀叛……」

忠隣は顔をゆがめて笑い、

「本多めの策謀じゃな」

手にしていた飛車の駒を盤上に置いた。

忠隣が看破《かんぱ》したとおり、ことは本多正信、正純父子が仕組んだ罠であった。本多派は政敵忠隣が京へ上っている隙を衝き、政変を起こした。

「ことは遺恨なり」

忠隣は唇を噛んだが、大御所家康自身が、忠隣の幕閣からの追放を容認したことを知ると、六十二歳になっていた老臣の顔から怒りが消えた。

「さようか。大御所さまが、もはや新十郎は要《い》らぬと申されたか」

将棋の決着を最後までつけ、忠隣はあきらめに似た表情を浮かべて静かに席を立ち上がった。

齢《よわい》七十を過ぎた家康は、大坂の豊臣家の殲滅を急いでいた。開戦のためには、和平路線の中心人物となった大久保忠隣の存在は好ましいものではない。

家康のまつりごとのために、生涯のほぼすべてを徳川家のために尽くしてきた忠臣を捨てるという非情の決断をしたのである。

大久保忠隣は、鉄砲その他の武具を板倉勝重に差し出したのち、従容《しょうよう》として配所へ下った。

政争に敗れた忠隣が失意の余生を送ったのは、近江国栗太郡上笠村。伝えによれば、忠隣は配所にあてられた庄屋の六郎衛門方で、朝から晩まで家の柱に向かって正座し、黙然と過ごしていたという。

配所の忠隣は、道白《どうはく》と号している。

号に込めた思いは、

「わが道は、白し」

という家康に対する強烈な訴えであったろう。

のちに、忠隣はみずから望んで井伊直孝《なおたか》の領地である佐和山《さわやま》近くの石ヶ崎に移っている。配所の庭には年をへた白梅の古木があり、忠隣はそれを終生愛しつづけた。

馬上の局

馬上の局

一

濃尾《のうび》平野は、暁闇のうちから濃い霧につつまれていた。

乳《ちち》色の重い霧である。その霧のなかでは、敵味方のへだてなく、兵たちは水底のような静謐のうちに身を浸すしかない。

やがて、東の空からのぼった朝陽が霧を拭いだすと、黒鹿毛《くろかげ》の駿馬にうちまたがった一人の武者の姿が、露がきらめく野に幻のように浮かび上がってきた。

武者といっても、男ではない。

女である。

やや太り肉《じし》の豊満な体に色々縅《いろいろおどし》の甲冑《かっちゅう》を凛々《りり》しくまとった、妙齢の美女だった。

「いにしえの巴御前《ともえごぜん》じゃな」

「勇ましき出で立ちをしておっても、ほれ見ろ、あの尻。色香がこぼれるようじゃの」

「あれで、二人の子持ちというぞ」

尾張小牧山《おわりこまきやま》に陣した徳川勢の兵たちは、戦場にあってひときわ目立つ女武者を遠目に眺めて、賛嘆のため息まじりにつぶやいた。

天正十二年（一五八四）、羽柴《はしば》（豊臣）秀吉と徳川家康が天下の覇

権をかけて相まみえた、いわゆる、

――小牧・長久手《ながくて》の戦い
の陣中である。

この春から対陣をはじめて、かれこれ一月近くになる。羽柴軍三万、徳川家康、織田信雄連合軍一万六千の軍勢が、濃尾平野一帯に展開しているが、戦況はほとんど動いていない。

たがいに肚《はら》を探り合いながら、みずからは仕掛けず、相手の出方をうかがって対峙《たいじ》しつづけているのである。

野陣が長引くにつれ、小牧山に陣取った徳川勢も、そこから二里離れた楽田《がくでん》の地に布陣する羽柴勢も、しだいに緊張感がうすれ、兵たちのあいだに澱んだ空気が生じはじめていた。

そうしたなか、女武者は味方である徳川方の兵を鼓舞《こぶ》するように、
毎朝、馬に乗って颯爽とあらわれた。
俄然、男たちは、
「われわれもやらねば」
と、背筋に鉄の芯でもたたき込まれたように奮い立った。
それもそのはずであろう。
女は名を、
——阿茶《あちゃ》
という。
三河、遠江《とおとうみ》、駿河《するが》、甲斐、信濃、五ヶ国を領する家康の側室の一人
である。羽柴秀吉との雌雄を決する戦いの場に伴うほど、寵愛いちじ

るしい女といっていい。

その家康の愛妾が、敵の矢弾に狙われる危険もかえりみず、みずから馬にまたがって陣中をめぐり歩くのである。兵たちの士気はいやがうえにも高まった。

阿茶の行動は、べつだん家康が命じたわけではない。

彼女自身が、

「およばずながら、殿のお役に立たせて下さいませ。おなごのわたくしが先頭に立てば、みなも忠義の心が呼びさまされるはずでございます」

と、家康に請い願ったものだった。

このとき、家康は四十三歳。脂の乗り切った男ざかりである。

「そなたの助けなど借りずとも、いくさはできるわ」

戦場灼《や》けした精悍な顔をしかめて制止したが、阿茶は聞き入れなかった。

やむなく、家康はみずからの家臣団中、随一の剛将といわれる本多忠勝に命じ、阿茶がゆく半町あとを、精鋭五十騎とともにひそかに護衛させた。

ともあれ、戦場に立つ阿茶の姿はそれだけで一幅の絵になった。

開戦の翌月四月九日――。

両軍のあいだで初めて戦闘らしい戦闘があった。

秀吉の甥の三好秀次《みよしひでつぐ》が、羽柴方有力武将の池田恒興《つねおき》、森長可《ながよし》らの軍勢とともに、家康が留守にしている三河岡崎城を衝《つ》くべく出陣。徳川方を混乱に陥れる作戦に出た。

羽柴方のこの動きを、家康は諜者からの情報によっていち早く察知。

――長久手の地で待ち伏せをし、秀次の部隊を急襲した。

この局地戦で、池田恒興、森長可が戦死、秀次はほうほうのていで陣へ逃げ帰っている。家康、会心の勝利といっていい。

以後は両軍とも慎重になり、濃尾平野で睨《にら》みあったまま、直接対決を避けるようになった。

五月になり、羽柴方総大将の秀吉は、大坂へ引き揚げている。ただし、尾張おもての兵は増強し、諸大名にもさらなる動員をかけて、最終的に十万の兵を対家康戦のために繰り出した。

尾張の野に、じりじりと焼けつくような日差しが照りつける夏が過ぎ、やがて季節は初秋へと移り変わった。

そのころ、徳川方の陣中にひとつの変化があった。

同盟を結び、ともに反秀吉の勢力を形成していた織田信雄が、突如、羽柴方の和睦の申し出を受け入れ、前線から兵を撤退させたのである。

家康にとっては寝耳に水の話だった。

家康は、故織田信長の二男である信雄を助けるという名目で、尾張に出兵している。その当事者である信雄が、おのれに無断で秀吉と手打ちをした。のぼっていた梯子《はしご》をはずされたようなものである。

「おのれ……。苦労知らずの若殿は、これだから信用ならぬ」

平素、感情の起伏をあまりおもてに出さない家康も、この裏切りにはさすがに怒りをあらわにした。

家臣団の血の気の多い者どものなかには、

「われらは長久手のいくさで羽柴勢に勝っております。このまま兵を引くなどもってのほか。われらだけでも秀吉と一戦つかまつりましょうぞ」

と息巻き、早期の決戦を主張する者まであらわれた。

しかし、家康は秀吉との全面対決が、けっして自分にとって有利には働かないことを承知している。

この時点で、羽柴勢はさらに増えては十万。数のうえで劣勢に立たされているばかりか、よしんば勝利をおさめたとしても、自軍の多大な消耗はまぬがれない。

（ここは、振り上げた拳《こぶし》を下ろすしかないのではあるまいか……）

家康は決戦回避を決意したが、悩みのタネは、強硬派の家臣たちをいかに納得させるかであった。

苦慮していた矢先、長陣に倦み、功を焦った一部の将兵が、家康の命を待たずに、楽田の羽柴陣へ急襲をかけるという知らせが飛び込んできた。

「痴《し》れ者めがッ！　それでは敵の思う壺じゃ。誰か、彼奴《きやつ》らを止めよッ！」

武勇第一の本多忠勝らが馬を駆って暁闇《ぎょうあん》の野に走ったが、その到着より早く、強硬派の兵たちの前に立ちはだかったのは、色々縅の甲冑に身をかためた阿茶であった。

脇に笹穂《ささほ》の槍をたばさんだ阿茶は、黒鹿毛の馬でかつかつと輪乗りをかけ、

「殿のお許しもなく出撃するとは、何たることぞッ。そなたらのおこないは、不忠のきわみにほかならず。どうしても行くと申すなら、この阿茶の屍《しかばね》を乗り越えてまいるがよい」

あたりに凛々と響く声で、跳ねっ返りの兵たちを一喝《いっかつ》した。

何といっても、馬上の女は主君の寵愛深い側室である。そのひとことで、頭に血がのぼった男たちは我に返った。

「お許し下されませ、阿茶さま」

「わかればそれでよい」

そそけだった顔の兵たちを見下ろして、艶然と笑ったとき、黒鹿毛

の上の阿茶の体がぐらりと揺れた。

「阿茶さまッ！」

「いかがなされました」

にわかに意識が暗くなってゆく阿茶の耳に、男たちの騒然とした叫びが遠く聞こえた。

二

阿茶は、まことの名を須和《すわ》という。

生まれは甲斐国。武田信玄の家臣、飯田久左衛門直政《きゅうざえもんなおまさ》の娘で、長じてのち、石和《いさわ》にある春日神社の神職、神尾孫兵衛忠重《まごべえただしげ》のもとへ嫁いだ。

戦国最強をうたわれる騎馬軍団で知られた武田家には、馬術にひいでた者が多いが、阿茶の父久左衛門も例に洩れず、その道の達人であった。しぜん、阿茶も幼いころから馬と馴《な》れ親しみ、あたりの野を自由に遠駆けするなどして育った。

男まさりの阿茶は、馬術だけでなく、薙刀《なぎなた》術、棒術などもみずからすすんで身につけ、そのいずれもが、

「この娘が男子ならば」

と、父久左衛門の目を瞠《みは》らせるほどの域に達した。

そんな阿茶にとって、夫となった神尾孫兵衛は、気立てが温和なだけが取り柄の、やや物足りない男だった。

嫁いで数年のうちに、阿茶は夫孫兵衛とのあいだに、猪之介《いのすけ》

お岩《いわ》
という、一男一女をもうけた。

乱世の男としては覇気のない夫にもの足りなさはあるものの、まずまず、世間なみの夫婦仲といっていい。

ところが、阿茶が二十三歳のとき、生来病弱であった孫兵衛が、ふとした風邪をこじらせたことがもとで、あっけなく他界してしまう。

あとには四歳の猪之介と、まだ乳飲み子のお岩が残された。

若い寡婦となった阿茶は、実家の飯田家に出戻った。だが、烈しく移り変わる戦国の世は、阿茶とその子らに静かな暮らしを送ることを許さない。

主家の武田家は、信玄の跡を継いだ子の勝頼《かつより》の代になっていた。しかし、新興の織田信長、徳川家康連合軍の前に長篠《ながしの》合戦で敗北を喫して以降、家運は坂を転げ落ちるように衰退。天正十年春、織田、徳川軍の侵攻を受け、名門武田氏は滅亡した。

阿茶の父久左衛門も、戦乱のなかで討ち死にしている。二人の幼子を抱えた阿茶は、山中へ逃れ、やがて亡父の旧知の者を頼って、下部《しもべ》ノ湯の奥にある湯之奥《ゆのおく》金山へと落ちのびた。

武田家滅亡後の甲斐には、信長の臣河尻秀隆《かわじりひでたか》が入って領主となった。

武田旧臣の娘である阿茶は、困窮のなか、人目を避け、息を殺すようにして日々を送った。

だが、武田を屠ってさらに勢力をのばし、日の出の勢いと思われた信長の栄華も長くはつづかない。

信長は、みずからの重臣明智光秀の謀叛――いわゆる本能寺の変によってあっけない最期《さいご》を遂げ、甲斐を領していた河尻秀隆も、一揆勢に殺害された。

(甲斐国は、この先、どのようになるのであろう……)

阿茶にとっては、生きるか死ぬかの問題である。

情報の少ない湯之奥金山をあとにして、下部ノ湯まで出てきた阿茶の耳に聞こえてきたのは、本能寺の変の混乱に乗じ、甲斐、信濃を攻め取ってしまった徳川家康の噂だった。

家康といえば、信長とともに武田家を滅ぼした仇敵のひとりではないか。

(そのような男が、この甲斐を掠《かす》め取ったか……)

阿茶の家康に対する印象は、さほど良いものではない。

ともあれ、阿茶は二人の子とともに食っていかねばならない。武田旧臣のなかには、新領主となった家康に召し抱えられた者も多く、阿茶は父のかつての家臣たちのうちで、いち早く徳川家にわたりをつけ、いまでは下部の代官の用人となっている窪田源左衛門《くぼたげんざえもん》という男を頼ることにした。

ところが、阿茶の身を、さらなる悲劇が襲う。窪田は心根の卑しい男で、わずかな金欲しさに阿茶の身を人買いに売り渡したのである。

このころ、東国では、いくさの混乱にまぎれての人買いが横行していた。合戦に敗れた側の女子供は、たとえ高い身分であっても、ひとたび人買いの手に落ちればただの商品になり下がる。

子らとも引き離されそうになったが、

「それだけはならぬ。もし、無体なまねをするならば、この場で舌を噛み切って自害するが、それでもよいか」

阿茶は頑強に抵抗し、母子別れ別れになることだけはどうにかまぬがれた。

人買いにしても、大事な商品に死なれてしまっては元も子もない。

「ちッ、仕様《しよう》がねえ。なかなかの上玉だから、遊郭にでも売り飛ばそうと思っていたが、子連れじゃあ、陸奥《みちのく》あたりの名主の下働きにでも売り出すよりほかねえか」

上方の遊女屋に買い手がついたという若い娘たちとは別にされ、阿茶は売り物としては値の落ちる年のいった者たちと十把《じっぱ》一絡《ひとから》げにされ、陸奥へ売られることになった。

（武士の娘に生まれた身が、なにゆえかよう目に……）

惨めだった。

二人の子を連れて何度か逃げようとしたが、そのたびに人買いがやとった傭兵《ようへい》に連れ戻された。

陸奥へおもむくべく、人買いの一行が旅立ったのは、甲府盆地に笹《ささ》子颪《ごおろし》が吹きすさぶころのことである。

甲州街道一の難所といわれる笹子峠を越えて、東へ向かえば、そこは小田原北条氏が領する関東である。

（もはや二度と、生きて甲斐へは戻れないのか……）

子供たちの小さな手を握り、悲壮な覚悟をかためたとき、阿茶の身に大きな幸運がおとずれた。

峠を見張っていた徳川の軍勢が、不審なようすの一行を見とがめたのである。

飢饉《ききん》、合戦のさいの慣行としておこなわれているとはいえ、人買いは合法ではない。ましてや、新領主となった徳川家康は、領内の治安回復につとめている最中である。

人買いの男は有無を言わさず捕えられ、阿茶らの身柄は危ういところで解放されることとなった。

だが、そのますぐに解き放たれたわけではない。阿茶は子供たちとともに、塩山《えんざん》へ連れて行かれた。

そこには、紺糸縅《こんいとおどし》の甲冑を着た武者が待っていた。

「お屋形さまが、そなたの話を聞きたいと仰せられている」

名も知らぬ、恐ろしげな形相をした武者がそう告げた。のちに、阿茶はその男が、徳川の重臣のひとり、大久保忠隣《ただちか》であることを知る。

「お屋形さまとは……」

阿茶は美しい眉をひそめた。

「われらが殿、家康さまじゃ。そなた、武田家臣の飯田久左衛門の娘とやら申しておったな」

「はい」

「高天神《たかてんじん》城攻防戦のおりの、そなたの父の勇猛果敢な働き、われらが殿が記憶にとどめておられたらしい。あの久左衛門の息女なれば、ぜひとも会いたいとの仰せだ」

「会って、どうなさるおつもりなのでしょう」

「知らぬ」

武者がそっけなく言った。

阿茶は家康がいるという甲斐府中へ送られ、まだ真新しい新築の木の匂いがする仮館で対面の運びとなった。

その日のことを、阿茶はありありと覚えている。

白いサザンカの咲く庭に、大きな肉厚の背中をした首の太い男が立っていた。男は阿茶に背を向けたまま、

「苦労したな」

と、言った。

武田家を滅ぼし、父を死に追いやった男のそれとは思えない、いた

わりに満ちた温かみのある声だった。

「わしも子供のころ、人に売られたことがある」

家康が言った。

「あなたさまも……」

阿茶は思わず問い返していた。

「わしは幼き日、尾張織田家に人質に出されたことがあってな。まことは駿河の今川家に行くはずであったが、途中、田原なる湊《みなと》でかどわかしに遭うた。銭千貫文で、尾張の織田信秀に売られたのよ」

「それは、まことでございますか」

「作り話を申して何になる」

大きな背中が笑った。

「なにゆえ、さような話をわたくしになさいます」

「そなたの身の上を聞き、他人事《ひとごと》とは思えなんだ」

「憐れんでおられるのでございますか」

「そうではない」

ゆっくりと、家康が振り返った。

お世辞にも美男とはいえない。だが、情にあふれ、見る者を包み込まずにおかぬような大きさを持った男の貌《かお》がそこにはあった。

「さような酷《むご》い目にあっても、そなたは体を張って子らを守ろうとしたそうじゃな」

「それは……。あの子らには、このわたくしよりほか頼る者がないのでございますもの」

「わしも同じじゃ」

家康は深くうなずいた。

「おのが領民、家臣どもを守るためなら、わしは身を捨てても悔いなき覚悟でことにあたっている。そなたの心意気やよし。おなごながら、ひとかどの武者と変わらぬ」

つかつかと歩み寄った家康の巨きな手が、やや震えを帯びていた阿茶の手を温かく包んだ。

その手の甲に、ぽたりと一滴の冷たいものが落ちてきた。

はっとして目を上げると、家康の大きな金壺眼《かなつぼまなこ》が涙で濡れていた。

（ああ、このお方は……）

この男に一生ついてゆこう——阿茶が心に決めたのは、まさにその瞬間《とき》であったかもしれない。

阿茶が家康の側室となったのは、それからほどなくのことであった。

三

徳川家康の女の好みは、きわだった特徴がある。

高貴な女と枕を共にすることを至上の悦びと考えていた秀吉と違い、家康は身分を鼻にかける女が嫌いであった。

それは、かつて今川家での人質時代に、今川一門の関口家から正室の築山殿《つきやまどの》を迎えたことと無縁ではないであろう。名門意識の強い築山殿と家康の仲は終始うまくいかず、いわゆる、

——築山殿事件

で、妻を処断せざるを得なくなった遠因ともなっている。

家康は、土の匂いのしそうな、掘り起こしたばかりの大根のような、みずみずしく生命力にあふれた女が好きだった。

家康という男は、根っからの現実主義者である。それゆえ、女の氏素性にはこだわらない。顔かたちも、さほど気にしない。女が初婚であるかどうかも、さほど気にかけなかった。

じっさい、家康の愛妾のなかには、阿茶をはじめとして、西郷《さいごう》ノ局、お茶阿《ちゃあ》ノ方、お仙ノ方、お亀ノ方など、夫をなくした未亡人が多い。

そのため、家康は、

――後家好み
と、いわれている。

健康な肉体を持ち、丈夫な子を生める女であればそれでよい。女人を飾り物としてあがめたてまつるのではなく、自分にとって役に立つ女だけを側《そば》に置く。それが、家康の女性観であった。

その点、阿茶は家康の好みに合っていた。不幸にもめげず、運命に立ち向かっていく強さを持ち合わせているだけでなく、頭がよく、男を立てるすべを知っている。何を聞いても、打てば響くように応え、それでいて少しも出過ぎたところがなかった。

「そなたの前では、気兼ねなく放屁もできるわ」

家康は阿茶の肉付きのいい膝を枕にして寝そべりながら、冗談まじりによく言った。

なるほど、阿茶は家康にとって、多くの愛妾のなかでももっとも気の置けぬ女であるかもしれない。

しかし、それは、阿茶が考えに考え、家康にそう思わせるように仕向けているからでもあった。

(殿にお仕えするおなごは数多い。私はそのなかで、どうすれば生き残っていけるのか……)

通りいっぺんの女として、寵が醒めたらすぐに捨てられるのでは嫌である。ほかの側室たちと同じになりたくない。

家康の心をしっかりとつかみ、

「阿茶でのうてはのう」

と言わせるためには、余の女には真似のできない行動をとることが必要であった。

側室となってから、阿茶は戦場へ向かう家康のかたわらに甲冑を着て付き従うようになった。

百戦錬磨の家康とはいえ、前線ではときに、判断に迷い、気弱になることもある。だが、万軍をひきいる大将として、そのような姿を家臣たちに見せるわけにはいかない。

そんなとき、阿茶はつねに傍《かたわら》にいて、家康を励まし、慰め、自信を持たせ、奮い立たせた。

この天下の覇権を決するといっていい、小牧・長久手のいくさにおいても、

「そなたはわしの、吉運の神じゃ」

家康は阿茶を戦場へともなった。

阿茶もまた、

「殿を天下人に」

と、意気込んで、兵たちを鼓舞するために陣中を馬で駈けめぐった。

だが——。

その意気込みが、思わぬ不幸を呼ぶことになった。

黒鹿毛から落馬した阿茶が目覚めたとき、枕元には沈鬱《ちんうつ》な表情をした家康がすわっていた。

「そなた、身籠っておったそうじゃな」

「三月《みつき》にござりました」

「それをわかっていて、なにゆえあのような無茶をした。赤子《やや》は流れたぞ」

「………」

「阿茶」

「わが身をお救い下された殿のため、わたくしができることと申せば、あれくらいしかございませなんだ」

「そなた……」

「お許し下さい」

「許すも許さぬもない。そなたというおなごは……」

家康が阿茶の手を強く握った。

男の体温が、じんわりと指先につたわってきた。

「身をいとえ、阿茶」

「いくさは、いかが相なりましたか」

愛する男の子供を流産したのは悲しいが、阿茶が真っ先に気にかけたのはそのことだった。

「大義名分であった織田信雄が兵を引いたのでは、やむを得ぬ。秀吉と和議を結ぶことにしたわ」

「和議など、断じてなりませぬ。それでは、秀吉に和議を都合のいいように使われるだけ。殿は、天下をめざされているのではございませぬか」

「わしはまだあきらめたわけではない」

阿茶の手を握りながら、家康が言った。

その顔は、平素、阿茶がよく知っている、いたわり深く情のある男のそれではなく、凛として近づきがたい、ひとりの政治家のそれに変わっていた。

「見ておれ、阿茶。大事な赤子を犠牲にしてまでのそなたの奉公、この家康、けっして無駄にはせぬ」

みずからの言葉どおり、家康は羽柴方と停戦し、講和のあかしとして、秀吉の妹旭姫《あさひひめ》を正室に迎えた。天正十四年五月のことである。

さらに同じ年の十月、家康は上方へのぼり、天下人の座をたしかなものとした羽柴あらため豊臣秀吉に臣下の礼を取ることになる。

世には、平穏がおとずれた。

だが、流産がたたってか、阿茶はあれ以来、子の生めぬ体になっていた。女として、これほど辛いことはない。

側室としても、家康の実子をもうけることのできぬ立場は不安定である。家康のまわりには、盛りを過ぎた阿茶でなくとも、ほかに若く健康な女はいくらでもいる。

（いっそ、お暇《ひま》をいただこうか……）

とまで思いつめた。

思っただけでなく、阿茶は機会をみて、みずから家康にそのことを申し出た。

「暇を取りたいと？」

家康がぎょろりと大きな目を剝いた。

「はい」

「理由《わけ》を申してみよ」

「子をなせぬ以上、わたくしは殿にとって役に立たぬ女にございます。お側を去らせて下さいませ」

下唇を嚙《か》み、阿茶は男の前に頭を下げた。

「そなた、何か心得違いをしておるようだな」

「心得違い……」

「ただ子をなすだけが、おなごの役目と思うてか」

「は……」

と、阿茶は顔を上げた。

「そなたは女ながら、男以上に胆力がある。そこらの男どもよりも、武士《もののふ》の血が濃く流れておる。わしはただの女としてではなく、ひとりの人間として、そなたを信頼しておる。暇を取りたいなどと、間違っても申してはならぬぞ」

「殿」

「ともに天下をめざそうぞ」

家康の言葉が、どこまで本気であったのかはわからない。

だが、そのとき阿茶は、惚れた男のなかに、中原《ちゅうげん》に虹をかけるようなひとつの大きな夢を逐《お》う同志を見た。

（どのような形でもよい。このお方に一生、ついてゆこう……）

阿茶と家康の関係が明確に変わったのは、このころからかもしれない。

まず、男と女ではなくなった。

閨《ねや》の相手に呼ばれることがなくなった代わりに、阿茶はつねに家康

の側に仕え、家臣たちとの取次や、他の大名家への使者など、

――秘書官
としての役割を果たすようになった。

この時代、女が政治的な秘書官をつとめるのはめずらしいことではない。家康の政敵、秀吉のもとには孝蔵主《こうぞうす》という有能な筆頭上臈《じょうろう》がおり、豊臣家の奥向きの事務を取り仕切っている。

もとより、阿茶は頭のよい女である。

みずからの役目を呑み込み、諸大名との外交などに奔走した。

そうした阿茶を、家康は以前にも増して信頼するようになっていった。むしろ、生臭い関係でなくなったぶんだけ、ほかの側室たちの諍《いさか》いの仲裁や、家臣たちにも言えぬ悩みごとの相談にもあずかるように

なった。
阿茶はまた、家康じきじきの命により、側室西郷ノ局が生んだ、
秀忠
忠吉《ただよし》
二人の男子の義母となった。
西郷ノ局は三河の地侍の娘で、家康初期の寵篤い側室であったが、
天正十七年、病で世を去っている。
長男信康を築山殿事件でなくし、次男秀康を人質として豊臣家に差
し出している家康にとって、三男の秀忠は実質上の跡取りであった。
その世継ぎの養育をまかせるほど、家康は阿茶に絶大な信を置いて
いた。

四

「阿茶、どうやら天下が取れそうじゃぞ」

家康が声をひそめるようにして阿茶に言ったのは、小牧・長久手の合戦から十四年後、慶長三年（一五九八）の暑い夏のことである。

家康五十七歳。阿茶は四十四歳になっている。たがいに若くはない。髪には白いものが目立ちはじめていた。

「いかがなされたのでございます」

阿茶は古女房のように、馴れたしぐさで家康に朴《ほお》の湯を差し出しながら言った。

「太閤が亡くなられた」

家康はつとめて冷静な表情をよそおっている。

この年、洛南醍醐寺《だいごじ》で盛大な花見の宴を催したあと、天下人豊臣秀吉は体調を崩した。病の床についた秀吉は、起き上がることも難しくなり、

——死期が近いのではないか。

と、巷間でささやかれていた。

豊臣家を継ぐべき秀吉の子秀頼は、まだわずか六歳。秀吉はわが子の行くすえを案じ、家康をはじめとする五大老、石田三成以下の五奉行に誓紙を書かせ、

「秀頼のこと、くれぐれも頼みおく」

と、豊臣政権への忠節を誓わせた。

その秀吉が死んだ。

「世が動くぞ」

家康の顔は、緊張のためか、やや青ざめてさえ見える。しかし、瞳の底には野心的な炎が仄暗《ほのぐら》く揺れ、全身から勝負に打って出るときの脂ぎった男の凄みが滲《にじ》み出ていた。

これほど色気のある家康の顔を、阿茶はかつて目にしたことがない。

「お気の早いこと」

「早いということはあるまい。わしはこれまで、十分すぎるほど待った」

「さようにございますな」

「これからが、まことの正念場じゃ」

「わたくしにできることがございますか」

家康の熱気が乗り移り、阿茶の総身もいつしか粟立っている。

この男に、

(大望を遂げさせるためなら……)

燃えさかる炎のなかにも飛び込む覚悟でいる。

「天下取りの道はひとつだ」

朴の湯を呑み干し、家康は唇に残った水滴を手の甲でぬぐった。

「わしには三河時代から手足となって働いてきてくれた、譜代の家臣どもがおる。しかし、彼らの力のみをあてにしているようでは、天下は望めぬ」

「ほかにもお味方がいるということでございますね」

「完全な味方でなくともよい。少なくとも、敵にはまわらぬ幅広い層を、こちらに手なずけておくことだ」

「それでよろしいのでございますか」

「よい」

家康はややくすぶった顔をした。

「この世の中は、白と黒だけではない。いやむしろ、白と黒の入り混じった灰色のほうが多い。その立場を半ばする者たちに、好意を抱かせ、陣営に取り込んでおく。さすれば、おのずと天下は近づいてこよう」

家康の言うことは、阿茶にもわかるような気がした。

ようは、諸大名を切り崩すということであろう。建前上、豊臣政権に従っているが、大名たちの多くは、豊臣家譜代の臣というわけではない。秀吉子飼いの武将といわれる加藤清正や福島正則《まさのり》らにしても、五奉行筆頭として権力をほしいままにした石田三成を嫌い、けっして一枚岩とはいえなかった。

天下の大名の大半は、秀吉亡きあとの生き残りのため、どのように身を処すればよいかと迷っている。

その者たちを自陣営に引き込み、多数派を形成しようというのであろう。数は力である。生きるか死ぬかの瀬戸際になれば、人は忠義も忘れ、力のあるほうへなだれをうって従ってくる。

（人とは、そういうものだ……）

武田家の滅亡以来、数々の栄枯盛衰を目の当たりにしてきた阿茶には、家康同様、人の世の道理が哀しいまでに見えている。

さっそくその日から、家康は福島正則、蜂須賀家政《はちすかいえまさ》、伊達政宗ら、これはと目をつけた大名に使いを送り、縁組を持ちかけるなどして積極的な多数派工作をはじめた。

阿茶もまた、秀頼生母の淀殿《よどとの》と対立関係にある北政所《きたのまんどころ》のもとへの使者を命じられ、女ならではの、

――裏
からの切り崩しに参画した。

惚れた男のために、

(戦っている……)

という実感が、阿茶の背筋を心地よく痺《しび》れさせている。

秀吉の正室北政所は、夫亡きあと、落飾して高台院《こうだいいん》と称している。その後、大坂城の本丸を豊臣家の後継者となった秀頼と母の淀殿に明け渡し、西ノ丸に退去していた。

「そちが阿茶か」

尼姿の北政所が興味深そうに、阿茶の顔をしげしげと見た。かたわらには、女秘書官の孝蔵主が控えている。

「そちの噂、徳川内府どのからいろいろと聞いておりますぞ」

北政所が豊かな頬をゆるめておおらかに笑った。

「噂、と申されますと?」

阿茶は小首をかしげた。

「何でも、武者のごとく甲冑に身をかためて凛々しく馬に乗り、戦場を駆けめぐっておるそうな。たいしたおなごだと、内府どのが褒めそやしておられました」

「昔の話にございます」

「なんの。馬上の局、と呼ばれているとも聞く」

「馬上での暮らしが長くつづきましたゆえ、子が生めぬ体となりました」

「いたわしきこと」

北政所がため息をついた。

本心であろう。自身、秀吉とのあいだに子がなかっただけに、阿茶の身の上にも同情的である。

「以来、子を生むよりほかに、何かわたくしにできることはないかと、そればかりを考えてまいりました」

「そなた、内府どののことを、まことに思うておられるのだのう」

「お恥ずかしゅうございます」

阿茶は目を伏せた。

「わたくしも同じじゃ。淀のお方のように世継を残すことはできなんだが、故太閤さまのおんため、おのれにできるかぎりのことを尽くしてきたつもりです」

「高台院さま」

と、阿茶は膝をすすめた。

「高台院さまも、お辛い立場でございましょう。太閤殿下とともに築き上げた豊臣家を、あとからまいられた淀のお方さまに奪われるとは。ご同情申し上げまする」

阿茶が、淀殿に対する北政所の対抗意識を煽《あお》るように言うと、

「子が生《な》せなかったのだから仕方がない。淀のお方に対する嫉妬も、わたくしにはない」

意外にもさっぱりと北政所が言った。

「そなたはどうだ。内府どのの、ほかの側室たちと同じ、ただの女の立場で張り合おうと思うてか」

「………」

「わたくしには、太閤さまの天下取りをささえてきたという誇りがある。おかげで、世は平らかに治まった。太閤さまがお亡くなりになったいま、もはや何ごとにも執着心はない」

「執着心はないと」

「さよう」

「まことにございますか」

阿茶の言葉に北政所がうなずいた。

「ならば、その平らかに治まった世を、ふたたび乱世に引きもどさぬよう、高台院さまの力をお貸し下さいませ」

阿茶は、家康が天下万民を治める大きな器量を持った武将であることを信じている。みずからも幼いころから辛い経験を重ね、人買いの手に落ちて陸奥へ売られそうになった阿茶のために、涙を流した男である。

その男の夢をかなえるため、阿茶は必死に北政所をかき口説いた。

そして、その裏表のない熱意ある言葉は、天下人の妻であった女人の心をしだいに揺り動かしはじめた。

五

徳川家康ひきいる東軍と、石田三成を首謀者とする西軍のあいだで、天下の勢力を二分する、

——関ヶ原合戦

が勃発したのは、慶長五年九月十五日のことである。

阿茶は上方から家康の本拠の江戸へ引き揚げ、固唾《かたず》を呑んで前線からの知らせを待っている。

家康にとって、必ずしも楽な戦いだったわけではない。

東軍八万九千に対し、西軍は八万二千。ほぼ互角の戦力といっていい。そのうえ西軍方は、鶴翼《かくよく》の陣をもって東軍を迎え撃つという万全の備えをしいていた。

合戦の火蓋は、まだ朝靄《あさもや》の立ち籠める早暁に切って落とされた。開戦当初、両軍はたがいにゆずらず、一進一退の白熱した攻防戦が繰り広げられた。むしろ、東軍方が押され気味だったほどである。

多くの野戦《やせん》の場数を踏んできた家康も、さすがに焦りを隠せず、

「どうなっておるッ！」

床几《しょうぎ》から立ち上がり、声を荒らげた。

この戦況を一変させたのは、西軍方に属していた小早川秀秋《こばやかわひであき》の裏切りだった。松尾山から駈け下り、奮戦する西軍諸将の側面を衝いた小

早川勢の行動が、合戦の帰趨を決めた。

これによって、西軍方は総崩れとなり、石田三成は逃亡した。

東軍方の大勝利である。

「いや、小早川の小僧がなかなか動かぬときは、わしも腋の下に冷や汗が出たわ」

上方にのぼった阿茶と再会したとき、家康は真顔で言った。

「高台院を取り込み、甥の秀秋に東軍へ味方するようすすめさせたのは、そなたの働きだな。大手柄ぞ、阿茶」

「わたくしの働きなど、ささいなものでございます。それよりも、いよいよ殿の天下が……」

阿茶は感慨を込めた目で、家康を見つめた。

この時点で、大坂城に豊臣秀頼ありとはいえ、天下分け目の関ヶ原合戦に勝利した家康は、事実上、

——天下人

の座を手中におさめたことになる。

「そなたと二人、手をたずさえて、ついにここまでのぼりつめてきたな」

阿茶の手を握りしめ、家康がしみじみと言った。

阿茶は嬉しかった。家康が天下人になったことがではない。家康が、

——二人、手をたずさえて……

と、自分の働きをみとめてくれたことが、ほかの何にもまして、素直に嬉しかったのである。

家康という男の運と力を信じてはいたが、こうして夢を成し遂げてみると、それはどこか空恐ろしくさえあった。

慶長八年、家康は朝廷から征夷大将軍に任じられ、江戸の地に念願の幕府を開いた。

「まだまだ、働いてもらわねばならぬぞ、阿茶」

家康はいまだ、阿茶の力を必要としている。

阿茶も、

（このお方を助けたい……）

という気持ちに変わりはなかったが、ひとつの大望の達成とともに、これまではつとめて目をそむけるようにしてきた、男の違う面も見えてきた。

阿茶の連れ子のお岩に、家康の手がついたのは、かなり以前のことであった。

最初、家康はそのことを内密にしていたが、しだいに人の噂になり、やがてそれは阿茶の耳にも達した。

(しようのない……)

北政所ではないが、阿茶は子の生めぬ体になったときから、家康の女であることをあきらめている。

家康は艶福家で、壮年期を過ぎてからも、
お梶《かじ》
お奈《な》津《つ》

お六

と、孫のような若い側室たちを寵愛している。

かつては阿茶のごとき世間通の気の練れた女性が好みだったが、このころになると、無邪気で可憐な若い女に嗜好性が変化した。ようやく立場にも余裕ができ、頼み甲斐のある話し相手よりも、心を癒す愛玩の対象が欲しくなったのだろう。

お岩は若いころの阿茶にそっくりな目鼻立ちで、小づくりな口もとからのぞく八重歯がかわいい。

その事実を知っても、阿茶は家康に恨みを言うでもなく、平静をよそおった。家康と自分は男と女を離れ、すでに、

――同志

といっていい関係にある。

いまさら娘に嫉妬しても、

(はじまらぬ……)

阿茶はもっと大局的な目で、家康とみずからのかかわりを捉えようとした。そうでなければ、ここまで自分をささえてきた矜持《きょうじ》がゆるさない。

しかし、さすがにお岩が家康の子を身籠ったと聞いたときは、抑えていた感情が爆発した。

「あんまりでございます」

阿茶はめずらしく語気を強めて家康に詰め寄った。

「上様は、このわたくしの顔に泥を塗るおつもりでございますか」

「すまぬ、阿茶」

険しい顔つきの阿茶を見て、家康も狼狽している。

「お岩は身が立つよう、腹の子ともども、どこかしかるべき家へ嫁に出す。それゆえ、許せ」

「許しませぬ」

「わからぬことを申すな。そなたは次の将軍となる秀忠の義理の母ではないか。その将軍の母が、かようなささいなことで大騒ぎするようでは困る」

立場の重さを持ち出すことで、家康は阿茶をなだめようとした。

そこに阿茶は、男の狡《ずる》さを見た。

家康とて完全無欠な人間ではない。政敵や家臣には見せぬ弱さもある。

しかし、その狡さ、弱さも含めて、

（私はこのお方に惚れたのだ……）

阿茶はあらためて、ありのままの現実をすべてを受け入れるしかない自分を感じた。

お岩は、徳川幕府の経済政策をつかさどる金座《きんざ》の取締役、後藤庄三郎《ごとうしょうざぶろう》光次のもとへ下げ渡されることになった。体《てい》のいい押しつけである。

後藤庄三郎にはすでに妻と長男がいたが、家康の命によりお岩を側室に迎え、生まれた子を実子として育てた。

だが、その子が家康の胤《たね》であることはあきらかで、のち、庄三郎はこれを跡継ぎに据え、二代目後藤庄三郎広世《ひろよ》を名乗らせることになる。

家康の血筋を受け継いだ後藤家は、権勢を誇るようになり、幕府が容易に手出しできぬ存在として、大奥、朝廷と並び、

——三禁物

と称されるようになる。

後年、後藤家は幾多の疑獄事件に巻き込まれるが、その血筋ゆえか、幕末にいたるまで取り潰されることはなかった。

ともあれ、家康お気に入りの側近であり、御側御用《おそばごよう》の重職を務めることになる庄三郎を娘婿にしたことは、阿茶の政治的立場をさらに強くした。

六

慶長十年、家康は将軍位を息子秀忠にゆずった。

隠居の身となった家康は、江戸城を去り、駿府城に居を移す。

以後、家康は、

――大御所《おおごしょ》
として、まだ土台の固まりきらぬ江戸の幕政と、大坂城に残っている淀殿、豊臣秀頼母子の動きに目を光らせることになる。

阿茶もまた、秘書官として駿府へ付き従った。家康最後の大仕事、豊臣家問題の解決に尽力するためである。

慶長十九年、大坂方との開戦のきっかけを作るため、家康は豊臣家の菩提寺である洛東方広寺《ほうこうじ》の鐘の銘文に目をつけた。

銘文の一部に、

「国家安康《こっかあんこう》」

と刻んであるのは、家康の首と胴を二つに断ち切る呪詛を込めたものだと、大坂方に難癖をつけた。

（さすがの大御所さまも、焦っておいでだこと……）

阿茶にもそれが単なる言いがかりであることはわかっていたが、七十三歳という家康の年齢を考えれば、多少の焦りは、

（無理もない……）

と思われた。やはり、女には惚れきった男への身びいきがある。

震え上がった大坂城からは、淀殿の使いとして家老の片桐且元《かたぎりかつもと》、女官の大蔵卿《おおくらきょう》ノ局らが、駿府へ弁明に駈けつけた。

阿茶はその応接にあたり、徳川家の外交官の役目を果たす。また、

徳川、豊臣がついに手切れとなり、大坂冬の陣がはじまったさいも、阿茶は淀殿の妹常光院《じょうこういん》（お初）とのあいだで、両軍の講和を取りまとめている。

だが、停戦もつかの間、やがて夏の陣が勃発し、大坂落城とともに豊臣家は滅んだ。

阿茶が生涯をかけて仕えた家康は、その顚末を見届けたかのように、豊臣家滅亡の翌年、病に倒れた。

御用商人の茶屋四郎次郎が献じた興津《おきつ》の鯛の天麩羅《てんぷら》を食したあと、血を吐いたのである。

侍医たちの必死の手当もあり、家康の病状はいっとき、小康状態となった。

そのとき、家康が頼りにしたのは、若い側室たちではなく、やはり、もっとも気心の知れた阿茶であった。

「気だけは若いつもりだったが、わしもそろそろ三途《さんず》の川が近いかのう」

床に伏した家康が、昔のように阿茶の手を握りながら言った。

「気弱なことを仰せられますな。大御所さまらしゅうもない。阿茶の知っている大御所さまは、もっとあきらめの悪いお方だったはずでございます」

「あきらめが悪いか」

「はい」

「そなたにはかなわぬな」

家康は目尻の皺を深くし、力なく微笑した。

「だが、いかにあきらめが悪くとも、人には必ず終わりの瞬間《とき》が来る」

「大御所さま……」

「そのときのため、そなたに最後の頼みがある」

「わたくしにできることであれば、どうぞ何なりと」

溢れそうになる涙をこらえ、阿茶は家康の手を強く握り返した。

「わしが死んだあとも、そなたは髪を剃《そ》ってはならぬ」

「大御所さまの後生《ごしょう》を弔《とむら》うこと、お許し下さいませぬのか」

「そうではない」

家康は首を横に振った。

「わしが死ねば、残された側室どもはみな仏門に入るであろう。抹《まっ》香《こう》臭い仕事は、その者たちにまかせておけばよい」

「されば」

「そなたは俗世にあって、将軍を助けよ。わしに尽くしてくれたように、こののちも徳川家のために働いてくれ」

それが、家康の阿茶への遺言になった。

元和二年（一六一六）四月、家康は駿府城で没した。

家康の遺命に従い、阿茶は落飾することなく、その後も徳川家のために生きた。

将軍秀忠の娘和子《まさこ》が後水尾《ごみずのお》天皇に入内するさいには、和子の守役として京へのぼっている。

皇后の義理の祖母であったため、官位も臣下の女性としては最高の従一位を与えられた。従一位といえば、関白、太政大臣になることのできる官位である。もとは、滅亡した武田家の一家臣の娘であったのだから、驚くべき出世といわねばならない。

(自分の生涯は何だったのであろう……)

晩年、御所の庭に咲く満開の枝垂《しだ》れ桜を眺めながら、阿茶はふと考えることがあった。

(一度は人買いの手に落ちた身が、従一位とは……)

かつて、家康は阿茶のことを、

——わが吉運の神

と呼んだことがある。

だが、考えてみれば、阿茶も家康との出会いによって、異数の出世を手に入れた。

とすれば、

(家康さまこそ、わが開運の神であったか……)

花曇りの空を見上げる阿茶の目に、初めて会ったときの男の大きな背中がまざまざとよみがえってきた。

阿茶は家康よりも二十一年長く生き、寛永十四年(一六三七)、京の地で世を去っている。八十三歳であった。

川天狗

一

（カミナリか……）

湿気を含んだ重い雲が垂れこめる伏見の梅雨空を、角倉了以《すみのくらりょうい》は眉をひそめるようにして見上げた。

童《わらべ》のころから、了以は雷が嫌いである。

角倉家の屋敷がある京西郊の嵯峨野《さがの》を流れる保津川《ほづがわ》の峡谷で川遊びをしていたとき、突然の烈しい雷雨に見舞われ、

（死ぬか……）

という思いをしたことがある。

以来、胸の底に恐怖が沁みつき、それは四十八歳になったいまでも変わっていない。

雲は低いが、その向こうの空は思いのほか明るい。

雷鳴がとどろき、驟雨《しゅうう》で白く煙る伏見木幡山《こはたやま》に、城がそびえている。

伏見城である。

かつてこの城は、太閤《たいこう》秀吉が寵愛第一の側室淀殿と、その子秀頼と暮らすために造営された。万事派手好きだった秀吉らしく、天守には金の鯱が燦然と輝き、軒瓦は金箔押し、贅を尽くした千畳敷御殿《せんじょうじき》、舟入御殿、月見櫓、三重塔など、往時の豊臣家の勢威をしめす絢爛豪華な城であった。

だが、昨年――慶長五年（一六〇〇）八月、関ヶ原合戦の前哨戦において、徳川家康の重臣鳥居元忠が伏見城に立て籠もり、宇喜多秀家ら西軍方の攻撃を受けて兵火にかかった。城は落城、鳥居元忠も戦死している。

関ヶ原合戦に勝利した家康は、焼け落ちた伏見城の修築に取りかかり、畿内におけるみずからの拠点として用いるようになった。

大坂城には秀吉の遺児秀頼が健在であるものの、世のまつりごとは伏見城の家康を中心に動くようになっている。

この新たな伏見城のぬしが、いまや実質的な、

――天下人

であることは、誰の目にも明らかな事実となっていた。

雨と雷に追われるように城の大手門をくぐった了以は、雄渾な松の絵が金箔押しの襖にえがかれた城中の松ノ間で徳川家康に拝謁した。

「よう降るのう」

平伏する了以に、家康が上段ノ間から声をかけてきた。気さくな言葉だが、響きにおのずと威がある。

その威に気圧《けお》されぬよう、

「角倉了以、お召しにより参上つかまつりましてございます」

了以はゆるゆると顔を上げた。

背筋を伸ばすと視線の先に、赤銅色《しゃくどういろ》に戦場灼《や》けした首の太い男がいた。

「そのほうが了以か」

「はッ」

「噂どおりの異相じゃな」

家康が言った。

了以と家康は、これが初対面となる。これまでも豊臣政権から朱印状を許された角倉家の一族として、了以は伏見城や大坂城に登城する機会がたびたびあったが、諸大名中随一の実力者と言われた家康と顔を合わせる機会にはめぐまれていなかった。

「天狗……。そう、その面《つら》つき、天狗によう似ておるわ」

家康が物めずらしそうに、了以の顔をしげしげと眺めた。

「生まれついての面つきにございます。幼いころは、かわいげのない子供だとさんざん人に言われたものにございますが」

「おお、なるほど」

家康の口元から白い歯がのぞいた。

が、了以は笑わない。

なるほど、了以の異相は世に知られている。

額が知恵の深さをしめすように大きく前にせり出し、顴骨《かんこつ》が突き出している。そして何よりも了以の顔貌を人に強く印象づけているのは、まさしく天狗のまなこのごとき大きな目であった。

道ですれ違った子供が、その目で一瞥《いちべつ》されただけで泣きだしたこともある。

「内府《だいふ》さま。手前のこの面つきをおからかいになるために、わざわざお呼び出しになられたのですかな」

背筋を伸ばし、了以は家康を睨むように見た。

「角倉どの、内府さまに対し、無礼ではないか」

家康と了以のあいだ、中段ノ間にすわっていた女がたしなめるように言った。

太り肉《じし》で恰幅がいい。とうに盛りを過ぎた姥桜《うばざくら》だが、豊かな胸や腰の線にえも言われぬ色香がある。

「これは阿茶《あちゃ》さま」

了以は、女のほうに目を向けた。

家康の側室阿茶ノ局と了以は、旧知の間柄である。阿茶ノ局は家康の数多い側室のひとりであるが、女ながら家康に政治手腕を見込まれ、いまではその秘書官的存在になっている。

了以の弟で医者の吉田宗恂《そうじゅん》が阿茶ノ局の癪《しゃく》の病を治したことがあり、その関係で、了以もこの家康の女秘書官の知遇を得るようになった。

「まあよい、阿茶」

と、家康が肉厚の手で阿茶ノ局を制した。

「以前から、そのほうに会いたいと思っていた。だが、この身もなかなか忙しゅうてな。今日という日まで、延ばし延ばしになっていた」

「まさしく、関ヶ原のいくさは大仕事にござりましたな。戦勝祝いのひとつも述べねばなりませぬか」

了以はにこりともせずに言った。

新たな権力者におもねろうと、武将、公家、商人の別なく、伏見城に列をなす者が引きも切らぬなか、こうした態度を取る男はめずらしいと言わねばならない。

もっとも家康のほうも、了以の不遜《ふそん》な口ぶりを咎めるふうもない。むしろ、おもしろがっているようでさえある。

「了以」

と、家康がもたれていた脇息からわずかに身を乗り出した。

「そのほう、顔ばかりか心根も変わった男じゃな」

「と申されますと」

「関ヶ原のいくさをさかいに、世の中は変わった。いまや皆がわしの顔色をうかがい、力というもののおこぼれにありつこうとする。そのほうは利にさとい商人でありながら、このわしに取り入ろうとは思わぬのか」

「まさしく、世は移り変わるものにござりますれば。故織田右府《うふ》さま、故太閤殿下と、くるくると首がすげ替わる覇者のほうばかり見ておっては、まことのあきないはできますまい」

「されば、そのほうは何を見てあきないをする」

家康が興をそそられたように聞いた。

「われら商人にとって、目を向けるべきは顧客。市井《しせい》に生きる民あってこそ、飯が食えるのでございます」

「ふむ」

了以の申しざまが、家康はいたく気に入ったようであった。その証拠に、平素はめったなことでは感情をおもてにあらわさない眠そうな目が、いきいきと輝きだしている。

同席していた阿茶ノ局もそのことに気づいたらしい。

「内府さまはな、そなたをとくに見込んで内々の打ち明けごとをなされるのです。つつしんで、承りますように」

「打ち明けごとでございますと」

了以はその大きなまなこで、家康を見つめた。

「さよう」

と、家康が金壺眼《かなつぼまなこ》を底光りさせ、おもむろに口をひらいた。

二

角倉了以——。

幼名を与七という。名は光好《みつよし》。剃髪《ていはつ》して了以と号した。

角倉了以は、武田信玄や上杉謙信、毛利元就《もとなり》ら、有力な戦国武将が諸国でしのぎを削っていた天文二十三年（一五五四）、洛西嵯峨野の地で生まれた。

父は医者の吉田宗桂《そうけい》である。

宗桂は明国へ二度渡って医学を修め、将軍足利義晴の侍医をつとめるなど、世に知られた名医であった。

吉田家は代々医家であったが、その一方で、土倉《どそう》（金融業者）、酒屋としても財をなし、

——角倉
を屋号とする商家の顔も持っていた。

宗桂の兄角倉与左衛門《よざえもん》が商人となって本家を継ぎ、分家にあたる弟の宗桂が医家を継いだのはそのためである。もっとも宗桂も角倉一族のならいとして、医業だけでなく土倉にも手を染めていた。了以の父宗桂が屋敷をかまえたのは、嵯峨野の名刹天龍寺《めいさつてんりゆうじ》の境内であった。

戦国乱世の騒乱のなか、京の都はたびたび戦火にかかったが、京都市中から二里ほど離れた嵯峨野の地には、それも及ぶことはなく、公卿や大名、豪商たちが別業をいとなむ桃源郷《とうげんきよう》のごとき場所となっていた。

ことに室町幕府の保護を受けた天龍寺は、京五山第一位として格式高く、嵯峨野文化の中心をなしていた。

この天龍寺、ただの禅刹《ぜんさつ》ではない。

寺領からの上がりや祠堂銭《しどうせん》（供養料）などを元手にして金貸しをおこない、巨利を得ていた。医業のかたわら土倉をなりわいとする吉田宗桂が天龍寺の境内を拠点としたのは、天龍寺のこうした成り立ちとけっして無縁ではない。天龍寺を大手の〝銀行〟とするならば、宗桂はその系列下にある〝町金業者〟と考えれば妥当であろうか。

また天龍寺は、創建のさいに足利幕府公認の勘合船、いわゆる、

――天龍寺船
を出して元国、次いで明国との交易をおこなったことから、寺内には異国の事情に明るい者が多く、どこか開けた雰囲気を持っていた。

了以は、そうした環境のなかで少年時代を送った。

父の宗桂は長男の侶庵に土倉業を継がせ、次男の了以を医者にしようと考えていた。だが、了以は生来、自由奔放なところがあり、屋内に閉じこもって書物と向き合う机上《きじょう》の学問が性に合わなかった。父のように、たとえ将軍の侍医になったとしても、

「たかだか他人の脈を取り、効くか効かぬかわからぬ薬を調合して偉そうな顔をするだけのことではないか」

了以は傲岸にうそぶいてはばからなかった。

そんな息子に見切りをつけ、宗桂は学究肌の三男宗恂《そうじゅん》を医者としてのみずからの後継者に指名した。

了以は堅苦しい気風のある吉田の屋敷を飛び出し、嵯峨野の山奥や川の源流部をたずね歩くなどして日々を過ごした。

川遊びに熱中しすぎ、烈しい雷雨に遭遇して死にそうな目にあったのもそのころのことである。

あるときなどは、朝から独りで家を出たまま夜になっても戻らず、

「与七さまが神隠しにあった」

と、屋敷中が大騒動になったことがあった。

家の者たちが松明《たいまつ》をかかげて必死に捜し回ったすえに、了以は愛宕社の一ノ鳥居のわきで発見された。

愛宕社には、古来、天狗が棲んでいるという言い伝えがある。

「与七は愛宕社の天狗に攫《さら》われ、ここまで連れて来られたにちがいない」

家人は青ざめた顔をして言いあったが、当の了以自身はこの件につ

いて、いっさい何も語ろうとはしなかった。

また、山歩き、川遊びのほかに、了以は嵯峨野の大覚寺境内にある角倉本家にもしばしば顔を出した。

角倉本家は与左衛門が若死にし、子の栄可《えいか》が当主として采配を振るっていた。

医を本業とする吉田家とちがい、角倉本家は土倉、酒屋の商売に専念している。店には常時、世情に通じた食客《しょっかく》がたむろしており、了以はそうした男たちから関東やみちのく、九州など日本各地の事情、あるいは見知らぬ海の向こうの異国の話を聞くのを何よりの楽しみとした。

そうした了以に、

「あやつは見どころがある」

と目をつけたのが、角倉本家当主の栄可であった。了以にとっては、いとこにあたる人物だが、年齢は栄可のほうが十数歳も年上である。

栄可は、分家の吉田家では厄介者《やっかいもの》あつかいされている了以をかわいがり、娘のお佐乃《さの》の婿にして、ゆくゆくは家業を継ぐことになる自分の長男求和の、

（片腕にしよう……）

と、その将来に大きな期待をかけた。

茫洋として捉えどころがないながら、型にはまらず、内に大きなものを秘めた了以の不敵なまなざしに、商人としての直感が働いたのであろう。

親の意のままにならぬ了以を持てあましていた吉田家にとっても、それは願ってもない縁組であった。

ときに了以十七歳、新妻となったお佐乃は十二歳の若さであった。夫婦仲はいたってよく、翌年にはすぐに長男の与一《よいち》（のちの素庵《そあん》）が生まれた。

舅栄可の目利きは間違っておらず、のちに了以はめきめきと商才を発揮しはじめ、角倉一族の中心となって、天下の巨商に成長していくことになる。

だが、その了以の心には、いつも人にはうかがい知ることのできない、冷たい隙間風が吹いていた。

（金儲けとは何なのであろう。腹いっぱい飯を食うためか。錦や金銀で身を飾り、贅沢な暮しをするためか。いや、それだけではないはずだ。儲けた金を生き金にしてこそ、まことの商客の徒と言えるのではないか……）

三

「お帰りなさいませ」

了以が伏見城からもどると、妻のお佐乃が渡月橋《とげつきよう》の船着場まで出迎えた。

丹波国に源を発する保津川は、嵯峨野の渡月橋のあたりまで下ってくると、大堰川《おおいがわ》と名を変え、岩を噛む奔湍《ほんたん》だった流れもややゆるやかになる。さらに下流は桂川《かつらがわ》と呼ばれるゆったりとした流れになり、やがて宇治川と合流して、畿内河川交通の中心をなす淀川になるのである。

したがって、宇治川ぞいの伏見からは、舟で川をさかのぼって嵯峨野にたどり着くことができた。

「なんだ、このようなところで待っていたのか」

了以はその特徴のある大きなまなこで、長年連れ添ってきた女房を見た。

「はい。そろそろ、お戻りになるころだと思いまして」

「つい先日まで、風邪をこじらせて寝込んでいたであろう。つまらぬ気遣いで無理をすると承知せぬぞ」

言いながら、了以は笹皮にくるまれた伏見土産の酒饅頭《さかまんじゅう》をお佐乃に差し出した。

その風貌から、一見、武骨なようだが、了以にはそうした神経の濃《こま》やかさ、やさしさがある。

「うれしゅうございます」

お佐乃が微笑《わら》った。

十二の年に了以のもとへ嫁いだお佐乃も、はや四十三歳になる。だが、了以の目には、何人もの子をなしたいまでも嫁入りのときの初々《ういうい》しい娘のようにしか見えない。お佐乃が生まれつき病弱で、透けるように白い肌をしているせいであろう。

青白い月明かりが落ちる道を、了以はお佐乃と並んで歩いた。

吉田家は天龍寺の境内、角倉本家は大覚寺の境内に屋敷を持っているが、了以夫婦はそれとは別に、渡月橋にほど近い川のほとりに居を構えている。

「伏見城では、どのような御用でございました」

お佐乃が了以に白い細おもてを向けた。

病のせいで弱々しく見えるが、お佐乃も角倉の娘である。本家の父栄可の片腕として、朱印船の角倉船で海外に渡航することの多かった了以に代わり、留守中の店をしっかりと切り盛りする商家の御寮人《ごりょうにん》である。

夫がいまや権勢並ぶ者なき徳川家康の呼び出しを受けたと聞いて、さまざまに心配していた。

「角倉の本家は、太閤秀吉さま在世のころ、ご愛顧を受けて、海外との交易を許可される朱印状を頂戴しておりました。もしやそのことが、徳川さまのお気に障ったのでございましょうか」

じつは了以も家康から呼び出しを受けたとき、真っ先に頭に浮かんだのはそのことであった。なにしろ関ヶ原のいくさのあと、豊臣恩顧の大名はほとんどが改易、もしくは大減封され、世の中は以前とは一変している。

それゆえ、家康の前では必要以上に気を張っていたのだが、

「いや、そうしたことではなかった」

おのが影を踏みながら、了以は首を横に振った。

「お佐乃」

「はい」

「すまぬが、また淋しい思いをさせることになるやもしれぬ」

「と申されますと」

お佐乃が夫の顔をのぞき込むように見た。

「徳川さまがな、太閤殿下の唐入《からい》り以来、しばらく途絶えていた朱印船貿易を本格的に復活されるという」

「さようでございますか」

「ついては、このわしに朱印状を下され、呂宋《ルソン》、安南《アンナン》、占城《チャンパ》、太泥《パタニ》、暹羅《シャム》などとの取引をおこなえとの仰せだ。どうやら徳川さまは、江戸の地に幕府を開くつもりであるらしい。国造りのために、元手となる巨額の資金が必要なのであろう」

「それはよいお話ではございませぬか」

お佐乃が言った。

「おまえさまは、太閤殿下の治世にも、豊臣家から朱印状を下されたわが父栄可の船に乗り、異国を駆けめぐっておられました。そのことが徳川さまのお気に障ったのではないかと案じておりましたが、それではまた、角倉の旗が、父の船にはためくことになるのでございますね」

「そうではないのだ、お佐乃」

と、了以は渋い表情で言った。

「徳川さまが朱印状を下されるのは、角倉本家ではない。分家の次男坊に過ぎぬこのわしだ。徳川さまとて、やはり太閤殿下時代の御用商人にそのまま朱印船の権利を与えることはできない。そこで、分家のわしに白羽《しらは》の矢を立てたのであろう」

「父であれ、おまえさまであれ、根は同じ角倉です。そのことで、父が娘婿のおまえさまに遺恨を持つようなことはありますまい」

「であろうとは思う。しかし、な」

「何でございます」

「わしは、いまは故人となった太閤の時代から、権力者というものが嫌いだった。権力を握った者は誰であれ、おのれの欲望のために民を犠牲にする。太閤はたしかな勝算もなしに朝鮮へ兵を送り込み、いたずらにかの地を血で染め、疲弊させた。わしはそのとき、おのが命の尽きる日まで、権力者の走狗《そうく》にはなるまいと心に誓った」

不意に足を止め、了以は夜空を見上げた。

カッと見開いた大きな目に、鎌のような三日月が映っている。

「それでもあなたさまは、徳川さまの仰せを受けることになされた。さきほど淋しい思いをさせると言ったのは、また船に乗り込んで、日本を留守になさるということでございましょう」

「そのとおりだ」

了以はうなずいた。

「それは、なぜでございます」

お佐乃の問いに、了以は唇を強く引き結んだまましばらく返事をしなかった。

「おまえさま」

「権力者は骨の髄まで嫌いだが、それ以上に、わしは金儲けがしたい。それも、一万貫文や二万貫文程度のしみったれた金ではない。国をも動かすような巨万の富が欲しいのだ」

「生きていくのに十分な財なら、すでに手元にお持ちではありませぬか。それで足りないとでも」

お佐乃が小さく首をかしげた。

「足りぬ。まだまだ足りぬのだ」

「まあ……」

「童《わらべ》のころからのわしの夢、まだおまえには話したことがなかったか」

女房を振り返り、了以は太く息をついた。

四

徳川家康が朝廷より征夷大将軍《せいいたいしょうぐん》職を拝命し、江戸に幕府を開いたのは、関ヶ原合戦から三年後の慶長八年二月のことである。

将軍となった家康は、豊臣秀吉のとった海外への領土拡張政策は継承せず、平和外交路線に転換して朱印船貿易を再開した。

イスパニアの呂宋長官や安南国王などに相次いで書簡を送った家康は、

「安南へ船を出せ」

と、了以に命じた。

安南すなわち、現在のベトナムである。

安南国側も日本との交易を強く望んでおり、新たな商路を開拓するための渡航であった。

その年の秋、朱の丸に「角」の字を染め抜いた旗をかかげた角倉船が肥前長崎の湊を出航した。

当初、了以は自身が船に乗り込むつもりであったが、

「船主みずからが異国まで出向くことはありませぬ。あちらでなくては手に入らぬ薬種の仕入れもございますゆえ、わたくしが兄上の名代としてまいりましょう」

家康の侍医をつとめる弟宗恂が役目をかって出たため、船長の大任をゆだねることにした。

銀、銅、硫黄、漆器、陶器、刀剣などの荷を満載した角倉船は、一

ヶ月あまりの航海のすえ、安南国の湊乂安《ゲアン》に無事到着。安南国王の歓待を受けた。

一行は船に積み込んできた荷を売りさばき、代わりに生糸、薬種、香木、硝石、象牙、玳瑁《たいまい》、夜光貝などを大量に仕入れて翌年春に日本へもどってきた。

この渡航の成功により、角倉了以は家康の絶大な信任を得ることとなった。了以のほかに朱印船貿易を許されたのは、家康の御用商人の茶屋四郎次郎、末吉孫左衛門、末次平蔵、角屋七郎兵衛などの顔触れであった。秀吉時代にくらべ、徳川政権の許可を受けて海外へ出た朱印船の数は飛躍的に増大している。

幕府を発足させた家康の権勢は、時とともに強まっている。

そうしたなか、慶長十年四月、家康は就任からわずか二年あまりにして、突如、征夷大将軍職を辞し、その座を息子秀忠にゆずった。大坂城には太閤秀吉の遺児秀頼がいたが、家康は天下のまつりごとの権利を豊臣家には返さず
「徳川家が代々世襲していく」
と、内外に宣言したことにほかならない。
以後、家康は、
――大御所《おおごしょ》
と呼ばれ、江戸の将軍秀忠とは別に、駿府に拠点を置いて二元政治を開始する。いわゆる、大御所政治のはじまりである。
大御所となった家康が重用したのは、それまで天下取りの戦いをさ

さえてきた酒井忠次、本多忠勝、榊原康政ら、武功派の家臣たちではなかった。

家康は、みずからの謀臣である本多正信の息子正純《まさずみ》を側近として登用。そのほか、天台僧の南光坊天海、外交文書の作成に通暁した禅僧の金地院崇伝《こんちいんすうでん》、もと武田家の能役者で金銀山開発の責任者をまかされた大久保長安、金工の後藤庄三郎、儒者の林羅山《らざん》、京商人の茶屋四郎次郎、亀屋栄任《えいにん》ら、多彩な人材を周囲に配置して、国造りの基礎を着々と固めていくことになる。

秀忠の将軍補任後、了以は祝いをのべに伏見城の家康のもとへ参上した。

「おう。まいったか、了以」

形のうえで隠居になったとはいえ、六十四歳の家康に枯れた印象はない。肌は若者のようにつややかで、総身に壮気がみなぎっていた。

「このたびは、まことにおめでとう存じまする」

了以は家康の前に深々と頭を下げた。

この日、了以は朱印船貿易で多大な収益を得た角倉家の財にあかせて、金銀、絹、南洋の真珠など、数々の祝いの品々を持参している。

家康は、その目録にちらりと目を落として、

「安南との取引、順調なようだな」

上機嫌な口ぶりで言った。

「おかげさまにて、最初の航海よりこれまで、船が嵐に遭うこともなく、取引は年々、盛んになっております」

「近ごろでは、そなたの息子与一が船の差配を取り仕切っているとや聞く」

「手前に似ず、学問好きの理屈ばかりが達者な倅にございますが、どうにか役目をこなしておるようにございます」

「江戸の幕府も息子秀忠の代になった」

「は……」

「だが、代は変わっても、これからも諸外国とは手をたずさえ、通商をつづけてまいる所存じゃ。争いは何ものも生み出さぬ。たがいに利を分かち合ってこそ、まことの外交というものよ」

「大御所さまのご真意を聞き、この了以、心より安堵《あんど》つかまつりましてございます」

了以はしずかに顔を上げた。

家康が、肉づきのいい顎を撫でつつ、さらに言葉をつづけた。

「いまにして思えば、さきの唐入りは、故太閤最大の失政であったように思う。いくさによって領土を拡げ、領土を欲するがゆえにいくさをおこなう世はおわった。これからは、武よりも商が幅をきかす世となろう。いや、そのようにあらねばならぬ。そなたもそうは思わぬか」

「これは……」

と、了以は目を細めた。

相変わらず権力者は嫌いだったが、いまのひとことで家康という男をあらためて見直す気になった。

権力はその前にひれ伏して、唯々諾々《いいだくだく》と従うものではなく、むしろそれを利用するものだと了以は思っている。だが、いまの家康の言葉は、了以自身がつね日ごろから考えているそれに近かった。

（徳川の世、存外、悪くはないかもしれぬ……）

家康という小太りの為政者が抱く構想の向こうに、信長や秀吉の時代にはなかった、安定と繁栄の未来図が見えた。

「ときに了以」

「はッ」

「そのほう、本多上野《こうずけ》（正純）や大久保石見守《いわみのかみ》（長安）を通じ、幕府に保津川開疏《かいそ》の願いを出しておったそうだな」

「そのことにございますか」

了以の双眸が、爛《らん》と光った。

五

保津川の開疏――。

それは了以が五十を過ぎた壮年になるまで、ほとんど他人《ひと》に語ったことのない、子供のころからの夢であった。

丹波国に源を発する保津川は、流れ下って角倉家の本貫の地である嵯峨野へ出るが、そのあいだは岩場が多く、川舟の通行は不可能であった。

少年時代の了以は、家人に黙って屋敷を抜け出し、保津川の峡谷を流れに沿って何度も辿ったものであった。ときには鬱蒼《うつそう》たる原生林につつまれた山の奥まで、何かに導かれるように足を踏み入れたこともあった。

オオルリやカワセミなど野鳥の声を追いながら、岩をつたって川の流れを遡って行くと、やがて青く澄みわたった淵に出た。

淵には岸辺の横の切り立った断崖から滝が流れ落ちており、子供の足ではその先へすすむことができない。

(ここから先は無理か……)

了以は淵のほとりの大岩の上に寝そべり、空を見上げた。

西のほうからにわかに黒雲が湧き出していた。遠くかすかに、カミナリのとどろく音も聞こえた。

なぜ自分が取り憑かれたように川を歩きまわったのか、いまとなっては了以自身にもよくわからない。ただ、川のはるか上流に何があるのか、それが無性に見たくてたまらなかった。

(夕立が来るぞ……)

そろそろ戻らなくては、と了以が身を起こしたとき、断崖の上に茂っていた笹藪が揺れた。

鹿か、あるいはイノシシかと思ったが、そうではなかった。

大きな人影が藪をかき分けてあらわれた。

——あッ。

と思う間もなく、その人影は崖から跳び、ふわりと了以の前に下り立った。

(天狗さまじゃ)

了以の総身を恐怖がつつんだ。

目の前にあらわれたのは、頭に兜巾《ときん》をつけ、鼻高く顔赤く、足に高下駄を履いた、まさしく話に聞く天狗——と、少年の了以の目には見えた。

その天狗が、震えている了以を見下ろして言った。

「小僧、どこから来た」

むろん、怯えきっている了以に返答ができようはずもない。

「ここは、獣さえも通わぬ場所じゃぞ。小僧の足で、よくぞ登ってきたものだ」

天狗がにやりと笑ったように、了以の目には映った。それを見て、恐怖が少しやわらいだ。

「嵯峨野からまいりました」

「嵯峨野か」

「はい」

「何をしに来たのだ」

「保津川をどこまでも遡って行くと果てはどのようになっているのか、それをこの目で確かめたく思ったのです」

「変わった小僧じゃ」

と、天狗がまた笑った。

「見上げた心がけだ、と褒めてやりたいところだが、ここより先は大人の足でもすすむことができぬ」

「天狗さまでも……」

「そう、天狗でも無理であろう。それゆえ、早々に立ち去るがよい」

「は、はい」

「もっとも、この難所の岩場が切り拓かれれば、誰でも船に乗って往来できる水の道ができるのだがのう」

肩越しに断崖を仰ぎ見て、天狗がつぶやいたひとことが、なぜか了以の心に強烈に焼きつけられた。

あとで思えば、天狗は付近の山を行場としていた山伏であったのだろう。

だが、そのときの了以はそうは思わず、

(これは天狗さまのお告げか)

と、信じた。

山伏が言っていたとおり、保津川の峡谷の岩場を開疏すれば、丹波と京が舟運《しゅううん》で結ばれることになる。人と物資の行き来が盛んになり、畿内の経済は飛躍的に発展することになるであろう——と、少年のころの了以がそこまで考えたわけではない。

だが、一度焼きついた言葉は、成人したのちも胸の底を離れず、それはやがて大きな夢となって了以のなかで膨らんでいった。

(この夢、どうすれば実現できるのか……)

角倉本家の婿となり、幕府の朱印船貿易の商人として活躍して巨万の富を手にするようになった了以は考えた。

考えに考えたすえに、保津川を開疏したいという年来の夢と、金儲けの意味を探しあぐねていたみずからの悩みがひとつに結びついた。

（そうだ。朱印船貿易で儲けた金で夢を果たせばよいではないか……）

おのれが商人として生きることの意味が、はじめて目の前にはっきりと見えてきたような気がした。

了以は満を持して、保津川開疏の許しを得るべく、家康の側近として絶大な力を握っている本多正純、大久保長安に働きかけをおこなった。

両名は、

「幕府の腹がいささかも痛むことなく、新たな船路が開拓されるなら」

というので、了以の申し出に最初から好意をしめした。

「無事に船路が開けましたるときには、通行料の上がりのうちから何分かを献上つかまつりましょう」

と、了以は二人に鼻薬を効かせることも忘れなかった。

その結果、今年正月、

――嵯峨より丹州への船路、そのほう造作を以て掘り、船上下に致す。

と、本多正純、大久保長安の連名をもって、保津川開疏の許可状が下りるに至っていた。

「大御所さまには開疏の許しをお与えいただき、感謝の言葉もございませぬ」

了以は家康に対して、あらためて心よりの謝意をのべた。

「ふむ」

家康が顎を撫でた。

「礼を言わねばならぬのは、こちらのほうかもしれぬ。わしはのう、了以。諸国の交通を整備し、物資の流通を盛んにすることこそ、この国を栄えさせる基だと思っておる」

「関ヶ原のいくさのあと、ただちに東海道の整備に手をつけ、奥州街道をはじめとする五街道をととのえたのも、そのお考えのあらわれにございますな」

了以は言った。

「しかり」

家康はうなずき、

「そなたがおこなおうとしている河川の整備は、わしの街道整備と軌《き》を一《いつ》にしている。川に舟運が通じ、人や物が動けば、国はより豊かになる。保津川の開疏は、本来であれば幕府が率先してやらねばならぬ大仕事よ。しかし、了以」

と、やや不思議そうな目で了以を見た。

「その大仕事、なにゆえ独りの力でやろうと思った。当然のことながら、川の開疏には莫大な金が必要となろう。朱印船貿易で得た富を、あらいざらい吐き出さねばならぬやもしれぬぞ」

「ご心配にはおよびませぬ。角倉の身代、それしきのことでは傾きませせぬゆえ」

了以は胸を張った。

「すでに開疏のあかつきには、本多さま、大久保さまより、川を往来する船からの通行料取り立ての許可も頂戴しております。つぎ込んだ資金に見合うだけの、儲けの目途《めど》もついておりますれば」

「あきゅうどは、転んでもただでは起きぬか」

「いかにも」

「しかし、そのほうにとっては、もともとやらずともよい仕事だ。なにゆえそこまで、保津川の開疏にこだわる」

「利は義なり。それが、わたくしが考えたあきないの道にございます」

了以は、傲岸不遜なまでに顎をそらせ、家康を強く見返した。

「利は義なり、とな」

「はい」

「異なことを申す。利と義は、本来、相反するものではないか」

家康が首をかしげた。

「いえ。まことのあきないとは、利のみにては成り立たず。目先の利を追っているだけでは、やがて大利を失うことになる。わたくしは、もっと大きなもののためにあきないをしておるのです」

「それが、義か」

「さようにござります。義とはすなわち、おおやけの心。大御所さまも、ご自身の欲を満たさんがために、まつりごとをおこのうておられるのではございますまい」

「まこと、その通りよのう。欲心のみの為政者に、民はついてこぬ。

そなたにひとつ、教えられたか」

深くうなずくと、

「やりたいようにやってみよ。そなたのこころみ、わしはこの目でしかと見ておろうほどに」

家康は含みのある笑いを口もとに浮かべた。

六

慶長十一年三月、了以は保津川の開疏に着手した。

最大の難問は、船の通行のさまたげとなる峡谷の大岩を、いかにして取り除くかであった。畿内一円から、千人を超える人夫が動員された。

「それ、力を合わせて岩を曳《ひ》けッ！」

了以は店の仕事は息子の与一にまかせ、みずから作業の陣頭指揮をとった。

大岩はろくろを使って曳き、それが不可能な場合は火薬を用いてこれを破砕した。また、水底に沈んでいる岩は、川中に組み上げた浮楼から縄のついた鉄棒を何度も投下し、根気よく打ち砕いた。

「それッ、いま一息だ。おまえたちには、愛宕の神がついておるぞ」

声を張り上げ、身軽に岩を跳びわたって采配を振るう了以の姿は、現場で働く者たちの目に、さながら天狗のごとく見えた。

「川の天狗さまじゃ、あれは」

人夫たちは噂した。

水路の幅が広くて浅瀬になっている箇所は、両側に石を積んで川幅を狭め水深を深くし、船が通行できるようにした。流れに段差があって滝になっているところは、上流の川底を削って平らにならすなどの作業をおこなった。

了以は指揮をとるだけでなく、ときにはみずから諸肌脱《もろはだ》ぎになって石割斧《いしわりおの》を振るい、行く手に立ちはだかる岩を砕いた。

こうした了以の事業に対し、京の商人たちの見方は冷ややかであった。

「角倉どのは、気でも触れはったか。あのような険しい渓谷、船が通れるはずもなかろうに」

たしかに難工事であった。

機械力のない時代である。人海戦術だけが頼りとなる。事前に見積もっていたより、工事費もはるかにかかった。

しかし、了以はあきらめなかった。

(挑む前から夢を捨て去る者は負け犬よ。人は笑わば笑え。わしはこのときのために、今日まで生きてきた……)

了以の執念は人を動かし、そして動かぬはずの大岩を動かした。

工事開始から五ヶ月後——。

岸辺にススキの穂が揺れ、川面にアキアカネが群れ飛ぶなか、保津川の開疏はついに成った。

了以は、川を往来する荷船にも工夫をこらした。

朱印船貿易のために長崎へ出向く途中、備中の和気川《わけがわ》で、平底の船が川を上り下りするのを目にしたことがあった。底を平たくすることにより、通常の船では進むのが不可能な浅瀬でも通行できるようになる。この平底の船を、了以は保津川舟運に導入。のちに同じ型の船は高瀬川《たかせがわ》にも使われるようになり、世に高瀬船と呼ばれることになる。

「ようなされましたな。おまえさまの夢、かなう日がまいりました」

女房のお佐乃が涙をこぼして喜んだ。

喜んだのは、お佐乃だけではない。それまで了以の事業に懐疑的な視線を送っていた京の商人たちも、もろ手を挙げて舟運の開通を歓迎した。

保津川の船路によって、丹波から米、材木、鉄、塩などが京の都へ大量輸送され、畿内の経済はにわかに活気づいた。

了以は川を行きかう荷船から通行料を徴収し、その半額を幕府におさめた。むろん、通行料の上がりだけでなく、角倉家が新たな販路の取引で得た利益は膨大なものに上った。その富は角倉ばかりでなく、保津川舟運にかかわるすべての民の暮らしを豊かにうるおしはじめた。

（これこそが、わしがめざしていた利と義の両立。おおやけのあきないというものではないか……）

了以の保津川開疏の大成功は、たちどころに徳川幕閣の耳にも届いた。

「角倉もやるものじゃ」

駿府の大御所家康は満足げにうなずいた。

ここで、甲州における幕府領の代官をつとめる大久保長安が、家康に次のような進言をした。

「保津川開疏を成功させた角倉の技術、使わぬ手はございませぬ。京ばかりでなく、東国の河川、さしあたって富士川《ふじがわ》あたりの開疏をやらせてみてはいかがでございましょう」

「富士川か」

家康は興味をしめした。

富士川は、甲斐国を流れる笛吹川《ふえふきがわ》、釜無川《かまなしがわ》が甲府盆地の南端で合流し、国境を越えた駿河国で海に注ぎ込む急流である。

東海筋一の早瀬として知られ、流れが速すぎるために、従来、荷船などの往来にはまったく利用されていなかった。

富士川の上流にある甲斐国の大半は、幕府直轄領になっている。そこで収穫される米などの物産は、馬の背に積み、険しい峠を越えて江戸へ運ぶしか輸送の手段がなかった。

もし、富士川の河川交通が利用できるようになれば、船を使って大量の物資輸送が実現する。

家康がこの話に乗り気になるのも無理はない。

「あの男なれば、まかせてみても損はなかろう」

了以の異相を頭に思い浮かべながら、家康は言った。

さっそく、大久保長安を通じて、了以に富士川開疏事業の命が下った。保津川開疏の翌年、慶長十二年のことである。

東海筋随一の暴れ川、急流の富士川には、天神ヶ滝、屏風岩《びょうぶいわ》、釜口など、多くの難所があった。京育ちの了以には土地勘があるわけでもなく、保津川のときよりも、工事はいっそう難航をきわめた。

悪いことに、もともと病弱だった女房のお佐乃が胸を悪くして床に寝付くようになり、長期にわたって嵯峨野を留守にせねばならぬ了以の心労は重なった。

その心配を打ち消すように、

「京には与一もおります。弟御の宗恂どのも足繁くようすを見に来て下さっておりますので、おまえさまはどうぞ心おきなく仕事に励まれますように」

と、お佐乃から文が来た。

どのみち、引き返すことのできる道ではない。そなたのこころみをこの目で見ておろうと言った、家康その人に対する男の意地もあった。

了以はここでも人夫たちの先頭に立ち、のめり込むように工事に打ち込んだ。

その甲斐あって、翌慶長十三年春には、富士川は開疏した。河口近くの駿河国岩淵《いわぶち》から、上流の甲斐国鰍沢《かじかざわ》まで、延長十八里におよぶ船路である。

船を上流まで運ぶときは、川岸の道を船頭たちが舳先に結んだ縄を曳いて曳き上げねばならないため、四日ほどを要したが、下りはわずか半日で岩淵に到達することができた。しかも、川船に積んで大量の荷を江戸に輸送することが可能となる。流通革命といってもいい。

この成果を、家康はおおいに喜んだ。

みずから岩淵まで足を運び、

「そなたのおおやけの心、たしかに見届けたぞ」

了以の手を取り、労をねぎらった。

徳川幕府はつづけて、了以に東海筋の急流のひとつ、天竜川《てんりゅうがわ》の開疏を命じている。これに成功すれば、山国の信濃から遠江まで、物流の道が開かれることになる。

だが、現地調査にあたった了以は、川筋の状況を丹念に見てまわったすえに、

（これはいくら金と労力を注ぎ込んでも、割に合う事業ではない……）

と見切りをつけ、幕府の命をきっぱり断って京へもどっている。

七

それからしばらく、了以は嵯峨野を動かなかった。
幕府からは再三再四、天竜川開疏の命が下ったが、了以は頑として
これをはねつけ、沈黙を守りとおした。
「駿府の大御所さまから、何かお咎めがあるのではありませぬか」
了以がもどってから目に見えて体調が回復し、このところ顔色もよ
くなっているお佐乃が案ずるように言った。
「なに、構わぬさ。首を刎《は》ねられようが、磔《はりつけ》になろうが、できぬも
のはできぬ」
陽のあたる縁側にあぐらをかき、了以は干し柿をかじった。

「しかし、大御所さまも、どうしてなかなかしたたか者よ。わしのおおやけの志を見透かして、それをおのれのまつりごとにどこまでも利用せんとしている。じつに悪い男だ」

「大御所さまが悪人……」

お佐乃が首をかしげた。

「ああ。だが、天下の大悪人でなくては、世を泰平には導けまい。大坂城にいる豊臣秀頼さまのほうが、じっさいに顔を突き合わせてみれば大御所さまよりはるかに善人であるにちがいない」

「でも、そういうおまえさまも、大御所さまを使ってご自分の夢を形になされたのではございませぬか」

「ははは……。ちがいない」

了以は声を立てて笑った。

「おまえさまに、前から一度聞いてみたいと思っていたことがございます」

離れの庭の向こうを流れる保津川を眺めながら、お佐乃が言った。

「おまえさまは川がお好きなのでございますか」

「いや」

と、了以は首を横に振った。

「わしは川が怖い」

「怖いと？」

「子供のころに、川べりの道をカミナリに追われて泣きながら走った記憶が身に沁みついているせいかもしれぬ。川はひとたび氾濫すれば、これほど表情を変え、恐ろしく暴れ狂うものもないからな」

「まことに」

「怖いが、しかし、そこに近づかぬにはおられぬ。近づいて、ときに闘い、ときになだめすかして手なずけ、寄り添って生きる。言ってみれば、つれ合いのようなものか」

「わたくしは恐ろしくはありませぬよ」

「これは、すまぬ」

お佐乃と目を見合わせ、了以はかすかに笑った。


天竜川の一件は沙汰やみになったが、角倉了以の河川開疏のたぐいまれなる技術を、幕府はその後も手放さなかった。

「京を流れる鴨川を開疏せよ」

と、大御所家康からの命が届いた。じつは、これには政治的な背景がある。

慶長十四年、豊臣家の菩提寺である京都東山の方広寺《ほうこうじ》で、大仏殿の造営工事がはじまることになった。

方広寺の大仏殿は豊臣秀吉が造営したものだが、慶長の大地震によって倒壊していた。

家康は、その大仏殿を再建することで、

「御父君太閤殿下のご供養、ならびに天下泰平を祈願されてはいかがか」

と、豊臣秀頼にすすめたのである。天下支配を推しすすめる家康にとって、故太閤時代からたくわえられた大坂城の財力は、できるだけ削いでおきたいものであった。

大仏殿造営のためには、巨大な材木を搬入せねばならない。そのためには鴨川を開疏し、船路を通じさせておく必要があった。

この工事を了以は引き受けた。

家康の政治的思惑などはどうでもよい。

(この事業は、間違いなく京の都の流通を大きく変えることになる……)

久しぶりに心が湧き立った。

了以は保津川開疏以来の技術を活かし、鴨川の開疏工事をおこなった。

この鴨川開疏は、思わぬ効果を生んだ。東山七条あたりまで鴨川を荷船が遡れるようになったことで、米、油や薪などの物資が値下がりした。京の町衆はたいへんな喜びようである。

だが、了以はそれだけでは満足しなかった。

この工事は一定の利益を京の町にもたらしはしたが、鴨川はもともと氾濫しやすく、安定した物資の輸送が完全に保障されたわけではない。

思案のあげく、了以は鴨川に沿って、まったく新しい人工水路の建設をおこなうことにした。

それが、了以の名を世に高からしめた、

――高瀬川

の開削である。

了以の計画は、次のようなものであった。

京の二条を起点にして、川幅四間（七メートル余り）の運河を切り開き、それを伏見まで通じさせて宇治川に合流させる。その全長は、五千六百四十八間（十キロ余り）におよぶ。運河の各所には荷物を揚げ下ろしする九ヶ所の舟入《ふない》りをもうけ、また一定の水位を保つ目的で川に堰《せき》を造るというものである。

つねに流水の安定をはかるため、起点の二条から鴨川の水を取り入れるだけでなく、四条、五条にも水の出入口をもうけることにした。

この人工河川の高瀬川が完成すれば、京の流通はそれこそ革命的に変化する。だが、その工事費は莫大なものとなり、失敗した場合、借財だけが残って角倉家を潰すことにもなりかねない。

しかし、慶長十六年、了以はこの大工事に挑んだ。

町なかに人工水路を造るという高瀬川の開削は、これまでの工事とは違う大きな困難がともなった。

沿岸の土地の買収、運河ができることによって職を失いかねない馬借《ばしゃく》や車借《しゃしゃく》たちへの補償金など、気が遠くなるような利権関係の調整をおこなわねばならなかった。了以は息子与一を利権者たちとの交渉にあたらせ、みずからは不屈の意志をもって開削事情に突きすすんだ。

工事開始から三年の歳月を要し、高瀬川はその全貌をあらわした。

「ご覧くださいませ、父上。あのように多くの船が連なるように川を上り下りしております」

一《いち》の舟入で高瀬川を眺め下ろしながら、与一が言った。

ホーイ、ホーイと、塩を積んだ上り船を曳く船頭衆の掛け声が響いた。

あたりは活気に満ちている。高瀬舟を見ようと物見高い町衆も集まっていた。

「通行料の上がりは、少なく見積もっても年間一万両はくだりますまい。この分では工事にかかった七万五千両も、数年のうちには回収できましょう」

与一が父を見た。

だが、了以は返事をしなかった。

高瀬川の開削はたしかに難事業ではあったが、胸の中ではすでに次なる計画が湧き起こっていた。

それは、琵琶湖の疏水計画であった。

(満々たる水をたたえる日本一の湖、琵琶湖の近江瀬田《せた》から山城の宇治のあいだを疏通し、船路を造る。日本海側から陸路で琵琶湖に集まってくる物資を船で伏見に運び、さらに高瀬川を通って京へ運び入れるようにすれば……)

これは、舟運がととのうだけでなく、琵琶湖の水位を下げ、三十万石分の新田を生み出すという壮大なこころみでもあった。

了以は本多正純と阿茶ノ局を通じ、家康に新たな願いを申し出た。

徳川家康は了以の願いを許可した。

しかし――。

家康からの許可状が手元に届いて間もなく、了以は病に倒れた。もともと頑健な体を持ち、風邪ひとつひかない男ではあったが、長年の無理がたたったのであろう。

すぐに回復すると思われたが、了以は病床から起き上がることができなくなった。

嵯峨野の屋敷で、了以は女房のお佐乃に詫びた。

「心ならずも、わしのほうが先に逝くことになってしまったようだ。琵琶湖の大仕事がおわったら、そなたとゆっくり湯治にでも出かけようと思っていたものを」

「何を仰せられます。ひとつの仕事がおわったら、また別の夢を追って走り出すのがおまえさまでございましょう」

「そういう男か、わしは」

「はい」

お佐乃が、ごつごつと骨ばった夫の手をやわらかく握りしめた。

庭で、アブラゼミがうるさいほどに鳴いていた。しかし、了以の耳にはその音は聞こえなかった。滔々と流れる川の瀬音だけが心地よく響いていた。

慶長十九年七月十二日、角倉了以は病没した。享年、六十一。

嵐山の中腹、保津川をのぞむ大悲閣千光寺に、角倉了以の木像が祀られている。炯炯《けいけい》たる眼光と高い顴骨をそなえた異相の男は、岩石を砕いた石割斧を手にして川の流れをいまも見下ろしている。

常在戦場

一

慶長五年（一六〇〇）九月――。

信州上田城の周囲は、時ならぬ喧騒につつまれていた。

石田三成ひきいる西軍方に与《くみ》した真田昌幸《まさゆき》、幸村《ゆきむら》（信繁）父子が立てこもる上田城を、徳川秀忠を大将とする東軍方の大軍三万八千が取り囲んだのである。

江戸を進発するさい、徳川家康は息子の秀忠にこう言った。

「石田治部少輔《じぶのしょう》（三成）らが大坂城から押し出して来たとなると、いくさは美濃《みの》おもてでおこなわれることとなろう。わしは東海道を西へ進む。そなたは中山道《なかせんどう》を進んで、美濃の地で合流いたそうぞ」

家康は、嫡男秀忠に大久保忠隣《ただちか》、榊原康政、本多忠政、牧野康成《やすなり》ら三河以来の譜代の多くをつけ、みずからは中山道軍よりも少ない三万二千の軍勢をひきいて天下分け目の決戦にのぞむことにした。

家康が秀忠に、徳川家の主力軍といってもいい大軍勢をまかせたのには理由《わけ》がある。

進軍の道筋にあたる中山道には、徳川家と浅からぬ因縁を持つ真田昌幸の上田城があった。十五年前の天正十三年（一五八五）、家康は当時敵対していた上杉氏と手を組んだ真田を攻めるため、上田城に大軍を派遣した。しかし、真田昌幸の鬼謀《きぼう》によってさんざんに翻弄され、ついに敗北を喫したという苦い経験がある。

そしていままた、奇《く》しき因縁の真田氏が、石田に同心する西軍方として徳川勢の前に立ちはだかっていた。

「真田昌幸は油断ならぬ男じゃ。あやつは神出鬼没の策略を心得ておる。大軍を擁しておるからといって、相手を嘗めてはならぬ。上田城には、よくよく用心してかかれ」

家康は秀忠にくどいまでに念を押した。ばかりでなく、自身の側近の本多正信《まさのぶ》を軍監として付け、これが初陣《ういじん》となる二十二歳の秀忠の知恵袋とした。

徳川秀忠の東軍主力隊は、上州路を進み、碓氷《うすい》峠を越えて信濃国へ侵入した。佐久郡の小諸《こもろ》城に到着した秀忠は、上田城の真田昌幸、幸村父子に投降をうながすべく、上田城へ使者を送った。

先を急ぐ秀忠としては、上田城のごとき小城ひとつに手間取っておられぬという気持ちがある。父家康から用心せよと釘を刺されたにもかかわらず、秀忠は信濃の小大名にすぎぬ真田を甘く見ていた。

この投降のすすめに対し、真田昌幸は、

「もはや、お手向いする気はござらぬ。城を明け渡して降伏いたしますゆえ、条件を詰めていただきたい」

と、拍子抜けするほど殊勝な答えを返してきた。

「こちらの大軍に恐れをなしたか」

秀忠は膝を打って喜んだが、それこそが真田方の策であった。

真田昌幸は降伏すると見せかけ、じっさいはさまざまな理由をつけて城を動かず、秀忠勢を上田に足止めするための時間稼ぎをおこなっていたのである。

ほどなく秀忠も真田方の策略に気づき、

「おのれ、真田め。赦さぬッ！」

拳をふるわせて激怒し、上田城総攻めの下知を発した。

徳川勢は、上田城の東の防衛線ともなっている神川《かんがわ》を、水しぶきを上げて押し渡り、城下の東、染谷《そめや》台に押し出した。

城西方の岩鼻口には、川中島飯山城主の森忠政が布陣。南には、尼ヶ淵をへだてて深志《ふかし》（松本）城主の石川康長らが陣取り、上田城の包囲をかためた。

三河以来の徳川譜代、上野国大胡《おおご》城主の牧野康成、忠成《ただなり》の父子は、染谷台の秀忠本陣にいた。

「真田はもはや袋の鼠。一日、二日のうちにも、上田は落城いたしましょうな」

十九歳の若武者牧野忠成は、ほのかに血の色を立ちのぼらせた顔を父の康成に向けた。

「焦るでない、新次郎」

と、康成は息子を通り名で呼んだ。

当年とって四十五歳になる康成は、歴戦のつわものである。

そもそも牧野家は、三河国宝飯《ほい》郡牛久保《うしくぼ》の地に城をかまえる地侍であり、家康の発展とともに傘下に参じた。康成は東三河の旗頭となった酒井忠次に属し、その娘を妻に迎えている。嫡男新次郎忠成の母である。

長篠合戦をはじめ、多くの戦いで武功を挙げた牧野康成は、

遠江国諏訪原城

駿河国興国寺城

同国長窪《ながくぼ》城

など、東海地方の守りのかなめとなる城の城主を歴任し、家康の信頼を得てきた。

小田原北条氏滅亡ののち、家康が関八州へ転封されると、牧野康成もまた関東へ転じて、上野国大胡《おおご》二万石をまかされるようになっていた。

嫡男の新次郎忠成は気性が烈しく、しかも勇猛で弓馬の道にひいでていることから、武辺を好むあるじ家康に愛され、将来をおおいに期待されていた。さきごろ、徳川親族の松平家忠《いえただ》の息女を、家康の肝煎《きもい》りで嫁に迎えたばかりである。

みずから恃《たの》むところ大きく、

（このいくさで功名を挙げ、わが名を天下に高からしめてくれよう……）

と、血気にはやっていた。

そうした息子を、父の康成はやや冷めた目で見た。

「いくさというのは、蓋を開けてみるまでわからぬもの。まして相手は詐術に長じた真田じゃ」

「しかし、父上。城に籠る敵は、わずかに五千。こちらは三万八千の大軍勢にございますぞ。何の恐れることやございましょう。勝敗は、戦う前から決しております」

「その過信こそが、われらにとってもっとも大きな敵なのだ」

たしなめるように言うと、牧野康成は爽涼と澄みわたった上田の秋空を見上げた。

高い空に絹雲が刷毛《はけ》で刷いたように浮かんでいる。周辺の田畑は稲穂が重く頭を垂れ、その上をアキアカネが群れ飛び、これから壮絶な戦いが始まろうとしているとは思えぬほどの長閑《のどか》さである。

「かつて、徳川の軍勢が上田城を攻め、手痛い敗北を喫したことを存じておろう。わしは長窪城にいて戦いには参加しなかったが、鳥居元忠どの、大久保忠世《ただよ》どの、平岩親吉《ちかよし》どのらが、さんざんにやられて惨めに逃げ帰ったのを覚えておる」

「それは、そのお歴々に能がなかったからにございましょう」

若く怖いもの知らずの忠成は、不遜に言い放った。

「真田がいかに詐術を弄そうと、数は力にございます。ましてや先の上田城攻めのおりとは、徳川家の勢威も違っております。ここで上田城をひと捻りに捻り潰し、われらの勢いを見せつけて西軍の石田治部少輔らを震え上がらせてくれましょうぞ」

忠成は喉をそらせて高らかに笑った。

二

上田城を囲んだ徳川勢は、まず手はじめに城下に広がる水田に乱入し、刈り入れ前の稲穂を手当たりしだいに刈り取った。

いわゆる

——刈田

である。

遠征軍の兵糧《ひょうろう》調達のためであるが、それは同時に、籠城している真田勢を挑発し、城から誘い出そうというひそかな狙いもあった。

この作戦は図に当たった。

刈田を阻止せんものと、城門を開いて真田勢が城外へ押し出してきたのである。

徳川方の依田肥前守《よだひぜんのかみ》の鉄砲隊が、待っていたとばかりに銃撃を開始した。突然の発砲に驚き、城から出てきた真田の兵たちが足並みを乱して退却をはじめた。

これを見ていて、ぎらりと目を光らせたのが、功名の機会をうかがっていた牧野新次郎忠成である。

「真田の一番首、それがしが獲ってまいりますッ！」

「待て、新次郎。追撃の命はまだ下っておらぬ」

引き留める父の康成を振り切り、

「者ども、われにつづけーッ！」

忠成は馬の尻に鞭をくれ、逃げる真田勢めがけてまっしぐらに走りだした。そのあとを、旗奉行の贄掃部《にえかもん》ら、五間梯子の旗指物《はたさしもの》を押し立てた牧野勢が追った。

忠成らの一隊は、背後の秀忠本隊と離れ、錐《きり》の先のようにぐいぐいと敵中へ押し出してゆく。

その突出した牧野勢の動きに、

「いささか軽忽《けいこつ》なる振る舞いのように見える。これがもし、敵の仕掛けた罠であったら何とするつもりだ」

軍監の本多正信が苦い顔をした。

しかし、大将の秀忠は、

「何を申す、本多。いくさは機を逃してはならぬものぞ。あれこそ、武者たる者の手本ではないか」

と、牧野勢の軍令を待たない突撃を黙認した。

このため、牧野勢につづき、秀忠直属の戸田半平、辻太郎助、御子《みこ》神典膳《がみてんぜん》、朝倉藤十郎、中山助六、鎮目《しずめ》市左衛門、太田善太夫の七人の武者が、手柄をもとめ、槍を揃えてわれ先にと突撃してゆく。

秀忠の旗本隊が加わり、牧野勢はさらに勢いづいた。

「真田の名など、ただの虚仮《こけ》脅《おど》かしじゃ。追って追って追いまくれーッ！」

牧野忠成は馬上で大音声《だいおんじょう》を上げた。

その叱咤に応え、最前線を進んでいた贄掃部が敵味方も目をみはる奮戦をみせた。掃部の大薙刀《なぎなた》の行くところ、敵の屍の山が築かれてゆく。

（このまま勢いに乗って、大手まで打ち破ってくれよう……）

忠成の脳裡に、秀忠、そして家康から、あっぱれ武者の鑑ぞと、並み居る諸大名の前で称賛の言葉をかけられているおのれの姿が浮かんだ。

牧野勢は、さらに逃げる敵を追って突きすすんだ。

が――。

異変が起きたのは、蛭沢《ひるさわ》川近くの林まで踏み込んだときだった。突如、茂みのなかから敵の伏兵があらわれ、銃口が火を噴いた。

とっさのことで、忠成は一瞬、茫然とした。目の前で、味方の兵たちが折り重なるように倒れてゆく。

「若殿、真田の伏兵にございますッ！」

馬の背にしがみつくようにかがんだ贄掃部が叫んだ。

「わかっておるわ」

「どうやら、真田はわれらをここまで誘い出すために、わざと弱って逃げるふりをしたようにございますな」

「罠であったか」

忠成は舌打ちしたが、時すでに遅い。

不意を衝かれた牧野勢は、たちまち窮地に追い込まれた。真田方の誘導にかかって深追いしすぎたために、秀忠の本隊から完全に孤立している。

(わが命運は、ここで尽きるのか……)

このときはじめて、忠成の背筋を迫り来る死の恐怖がつらぬいた。

まだ死にたくはなかった。

祝言を挙げたばかりの新妻の白い顔が浮かんだ。いや、妻の顔を思い出そうとしたが、どうしても思い出すことができない。それほど気持ちがうわずっていた。

このとき後方では、徳川旗本の大久保忠隣、榊原康政らの諸隊が、

「このままでは牧野勢がやられるぞッ。いざ、加勢に向かわん」

と、秀忠の出撃命令を待ち切れず、相次いで野に馬を走らせていた。

前線に孤立した牧野勢が、まさに全滅の危機に瀕したとき、大久保、榊原の先鋒が、前線に到着。真田勢を追い散らし、忠成は九死に一生を得た。

だが、百戦錬磨の真田勢は、さらにもう一段上の策略を仕掛けていた。大久保、榊原らの旗本隊が前線に出たことにより、守りが手薄になった染谷台の秀忠本陣を、支城の伊勢崎《いせざき》城に配備されていた真田の

別働隊一千が急襲したのである。

本陣は、たちまち大混乱に陥った。

「秀忠さまが危ないッ！」

染谷台の銃声を聞き、大久保、榊原勢は引き返そうとしたが、そこへ突然、上田城の大手門が開き、真田昌幸、幸村父子が、兵をひきいてどっと繰り出してきた。

戦いは、時の勢いを味方にしたほうが勝ちである。

虚を衝かれた徳川軍は、神川付近まで撤退を余儀なくされた。そこへ、頃合いを見はからっていた真田の別働隊が、上流の堰《せき》を切って落としたものだからたまらない。

徳川の将士は、人馬もろとも渦巻く濁流に呑み込まれ、おびただしい死者が出た。

（これが、いくさというものの現実なのか……）

返り血と泥にまみれながら、忠成は流れに木の葉のごとく浮き沈みする味方の旗指物や陣笠を、ただ悄然と見つめるしか術がなかった。


緒戦の大敗北により、徳川秀忠勢の上田城攻めは、その後、膠着状態に陥った。父家康と美濃で合流する手筈になっている秀忠は、真田攻略をあきらめ、中山道を西へ急いだものの、関ヶ原本戦に遅参するという失態を演じることになった。

西軍との決戦には勝利したものの、後継者たるべき秀忠の不面目に、家康は激怒した。死力を尽くして戦った東軍諸大名への手前もある。

「あやつの顔など見とうもないわ」

家康はしばらく、秀忠に面会さえ許さなかった。

怒りの鉾先は、軍監の本多正信にも向けられた。

「そのほうが付いていながら、何としたことか」

「恐れながら、責任の所在は秀忠さまにはございませぬ」

正信は言った。

「秀忠に責任はないと……。それはどういうことだ」

「秀忠さまは、御大将としてなすべきことをなされたまでのこと。責めを負うべきは、軍令にそむき、敵の仕掛けた罠に真っ先駆けて飛び込んだ一部の跳ねっ返り者どもにございます」

本多正信は主君家康の前に上田近辺の地図を広げ、当日の戦いの経緯を説明した。

「すべての責任は、軽はずみな判断で突出した行動に走った牧野忠成とその麾下《きか》で蛮勇を振るった贄掃部、これに追随した戸田、辻、御子神ら、旗本七士。それに加え、深い思慮もなしに後追いした大久保勢らにございます。よって、牧野家の旗奉行贄掃部、および大久保家旗奉行の杉浦久勝には、即日切腹を申しつけ、七士にも上州吾妻《あがつま》郡への配流を申し渡してございます」

正信は徹頭徹尾、指揮官たる秀忠をかばった。

それは父たる家康への気遣いもあるが、秀忠の責任をみとめては、軍監として付けられた正信自身にも火の粉が及びかねないという思惑があった。すべての責任を牧野らにかぶせることで、みずからへの批

判をかわそうとしたのである

「ふむ」

と、家康は顎を撫でた。

「牧野のせがれは将来有為の若者じゃ。大久保、旗本七士にも、それぞれの言い分があろう。ちと、処断が厳しすぎはせぬか」

「これは、殿のお言葉とも思われませぬ」

正信はここぞとばかりに声を高くした。

「もし、秀忠さまの軍勢が手筈どおり関ヶ原に到着しておれば、殿はもっとお楽に勝利を手にすることができたでございましょう。譜代に甘くしては、諸大名へのしめしがつきませぬ」

「して、牧野、大久保らは、そなたの処断に納得したのか」

「大久保の旗奉行杉浦久勝は、命を下した翌日、切腹して果ててお
ります。さりながら牧野は……」

と、正信が口を濁した。

「牧野はいかがしたのだ」

「牧野の嫡男忠成は家臣をかばって裁定に猛抗議し、いかにしても
覆らぬと知ると、旗奉行の贄掃部とともに、いずこともなく出奔《しゅっぽん》いた
しましてございます」

「出奔か」

「はい」

「忠成め。なるほど軽忽のそしりはまぬがれまいのう」

家康は眉をひそめた。

三

本多正信の自己保身の弁明により、秀忠の関ヶ原遅参は牧野、大久保らの失策ということで片づけられた。

ことに、軍令違反を最初におかし、しかも嫡男忠成が家臣とともに出奔した牧野家は、批判の矢おもてに曝されることになり、不名誉の烙印を押された。

当主康成は蟄居同然の境遇に追い込まれ、居城の大胡城で鬱々として楽しまぬ日々を送ることとなった。

陣中から姿をくらました息子忠成の行方は杳《よう》として知れない。

松平家から嫁いで来たばかりの忠成の嫁お今《いま》は、

「忠成さまの所在も知れませぬゆえ、実家の父が早々にお暇《いとま》を頂戴するようにと使いを寄越《よこ》しております。短いあいだの御縁でございましたが、里へ帰らせていただきます」

と、大胡城を去っていった。

何のことはない。諸将から後ろ指を指される不名誉の牧野家に、大事な娘を置いてはおけぬということであろう。

世間では、

――牧野家廃絶

の噂も流れていた。

頼みとするべき跡取りの忠成もおらず、主家の将来を見限った家臣たちが一人去り、二人去りし、康成は絶望の淵に追い込まれていった。

心が折れ、三月もするうちには黒々としていた髪が真っ白になり、いっぺんに十も二十も老け込んだ。

牧野家廃絶は時間の問題かと思われたが、与力として付けられていた稲垣長茂《ながしげ》が、

「これではあんまりにございます。それがしが、腹を切る覚悟で嘆願いたしましょう」

と、本多正信に執り成しを願い出た結果、牧野家はかろうじて命脈をたもつことができた。

だが、一度蒙《こうむ》った不名誉の恥辱は、いかにしてもすすぐことができない。

周囲の冷たい視線に、

（いっそ禄を返上し、僧侶にでもなったほうがよいか……）

康成は出家遁世《とんせい》すら考えた。

その康成が謹慎生活をつづける大胡城に、息子忠成がひそかに舞いもどって来たのは、関ヶ原合戦から一年後の慶長六年秋のことである。

まだ世間では関ヶ原合戦の余燼《よじん》さめやらず、上方では落ち武者狩りがさかんにおこなわれ、上方にとどまった家康は、西軍に属した上杉、島津、毛利ら諸大名の処断、手柄を挙げた諸将の論功行賞などに頭を悩ませていた。

忠成には、かつての不遜なまでに自信満々だった若武者のおもかげはなく、頬が痩せこけ、落ちくぼんだ眼窩《がんか》の奥の目ばかりがぎらぎらと異様な光を放っていた。

「そなた……。いままでどこに身をひそめておったのだ」

思わず高い声を上げてから、康成は人目をはばかるようにあたりを見まわした。

「人に迷惑がかかることゆえ、くわしくは申せませぬ」

「贇は、贇掃部は何としたのだ」

「若殿にこれ以上の迷惑をかけてはと、途中で別れましてございます」

「さようか」

「父上」

と、忠成が父を見た。

「しばらくお会いせぬ間に、年をとられましたな」

「愚か者が」

康成は込み上げてくる感情を抑えるように、下唇を噛みしめた。

「そなたが家に戻ったとて何になる。いまさら赦されると思うてか」

「お今は実家に帰ったそうにございますな」

乾いた声で忠成が言った。

「いたしかたあるまい。わが牧野家は、天下の誰もが知る不名誉の家じゃ。お今どののを責めることはできぬ」

「さりながら」

と、忠成はきつい目をした。

「あの上田城攻めのおり、われらと同じく負けいくさの責を負い、上州の岩櫃《いわびつ》城で謹慎していた秀忠さまの旗本七士。かの者どもは、すでに罪を赦されたそうにはござらぬか。のみならず、格別な働きであったとお誉めの言葉まで頂戴し、それぞれ禄高を加増されたと聞きおよんでおります。大久保家でも、切腹した杉浦久勝の子が家督相続をみとめられたとか」

「そのことか」

康成が深く長いため息をついた。

徳川譜代衆のあいだには、上田城合戦における軍監本多正信の処断が厳しすぎるとの声が以前から渦巻いていた。大久保一党や榊原康政らの熱心な根回しもあり、一時の怒りが和らいだ家康が、処分を受けた者たちの名誉回復をはかったのである。

「あれだけの大失態を演じたにもかかわらず、わが牧野家が廃絶をまぬがれたのも、殿の温情のお蔭じゃ。そなたはよくよく了見せねばならぬ」

「大失態……。それがしは、功名に生き死にを懸ける武者として、当然のことをいたしたまでにございませぬか。それは、切腹を命じられた贄掃部とて同じでございます」

「莫迦《ばか》めッ、合戦の何たるかがまだわかっておらぬか」

康成は吐き捨てるように言った。

「いずれにせよ、そなたをここに留め置くことはできぬ。伏見へゆけ、忠成」

「伏見へ？」

「そうじゃ」

「何のためにございます」

「伏見におわす殿より、そなたが城へもどったら、わがもとへ顔を出すように申し伝えよと仰せつかっておる。どのような御沙汰が下るかはわからぬが、主命じゃ。従うであろうな」

「殿のご命令とあらば、そむくわけにはまいりませぬ」

「そなたは出奔という大罪をおかしておるのだ。たとえその場でそっ首刎《は》ねられても、文句は言えぬぞ」

「承知いたしております」

忠成は父の前に、神妙な顔で深々と頭を下げた。

四

牧野忠成は戻ったばかりの大胡城をあとにし、その足で伏見へ向かった。

胸中に、さまざまな思いが渦巻いている。

実家へ去った妻のこと、めっきり老いて以前より体がずんと縮こまって見えた父のこと、おのれの手からこぼれていった輝かしい将来のこと、そして行く手に待ち受けている主君家康のこと。それらがないまぜになって、怒りとも哀しみともつかない感情が忠成の頭を小舟が揺れるようにくらくらさせた。

深編笠をかぶって他人に顔を見られないようにし、町づくりがすすむ江戸を経由して、東海道を西上した。

道中の景色は、ほとんど目に入らなかった。

父の言うとおり、伏見へ到着すれば、家康からその場で即座に死を命じられるかもしれない。

（同じ罪をおかした秀忠さまの旗本七士は、謹慎を解かれたばかりか、加増までされたではないか。なにゆえ、おればかりが貧乏籤《くじ》を引かねばならぬ……）

土埃の舞う街道を歩きながら、そればかり繰り返し考えた。

上州では山々が紅葉しはじめていたが、伏見へ着くと、まだまだ残暑がきつい。

伏見には家康によって銀座が開かれ、城下は活況を呈している。その賑わいのなかに身を置いているだけで、

（豊臣から徳川へ、天下の実権が移りはじめている……）

そのことが、上方がはじめての忠成にも肌で実感することができた。伏見城は関ヶ原の前哨戦で戦火にかかったため、修築がなされたばかりである。真新しい木の香りがする城内へ、忠成はともすれば臆しそうになる気持ちを抑えながら足を踏み入れた。

この時期、家康は多忙である。

半日ほど待たされたのち、夜になってようやく拝謁がかなった。

「おう。まいったか」

平伏していると、はるか上段ノ間から聞きおぼえのある声が降ってきた。

「お召しにより、参上つかまつりましてございます」

「苦しゅうない、頭を上げるがよい」

「ははッ」

うながされて、忠成はゆっくりと顔を上げた。

家康はいたって壮健そうだった。精気が失せて抜け殻のようだった父と違い、自信に満ちあふれている。天下を動かしている男だけが持つ溌剌たる色気が、その小太りの五体からただよっていた。

「殿、それがしは……」

忠成は、上田城合戦以来溜めていた思いをぶつけるように、家康に抗弁をおこなおうとした。

だが、その言葉は、

「待て、忠成」

家康のひとことによってさえぎられた。

「そなたの申したいことはわかっている。言いわけは聞きとうない」

「さりながら、殿。なにゆえでございます。秀忠さまの七士は加増をたまわり、わが牧野家のみが不名誉の恥辱にまみれたままとは、あまりに不公平にはございませぬか」

忠成は死を覚悟で、巨きな壁のごとき家康に食らいついていった。

「牧野家の存続は許した。それだけでは不足か」

「不足ということはござらぬ。さりながら……」

「江戸の秀忠にも面子《メンツ》があろう。世の中には、物事が正しいか正しくないかより、もっと優先せねばならぬものがある。それが、まつりごとじゃ」

「まつりごと……」

「わかるか」

「わかりませぬッ！」

忠成は叫んだ。

家康が怒るかと思ったが、意外にも、

「この頑固者めが」

と、口元に苦笑いを浮かべた。

「そなたもやはり、わしと同じ三河者よの。めったなことでは筋は曲げぬか」

「殿……」

「よいか」

と、家康がその大きなまなこを底光りさせた。

「戦いは、槍働きのみにてするものではない。ましてや功名も、合戦場のみに落ちているものではない。家門の恥辱をそそぎたくば、手柄《てがら》を挙げよ、忠成」

「しかし、天下分け目の合戦はすでに終わりました。もはや、手柄を挙げる場は……」

「たったいま申したではないか、功名の機会は、そなたがその気になればどこにでも転がっておると」

「わかりませぬ……」

家康の謎かけのごとき言葉に、忠成の頭は混乱した。

「そなた、今日は死ぬ気でここへまいったな」

家康はすべてを見通していた。

「ならば、一度死ね」

「は……」

「過去の牧野新次郎忠成とは、今日をもって決別するのじゃ。一度死んで、新たな忠成に生まれ変わるがよい」

「それは、どういうことでございます」

「わしの口からは言えぬ。くわしくは、京の板倉《いたくら》より聞け」

「板倉とは、京都所司代《しょしだい》の板倉勝重どのにございますか」

「ほかに誰がおる」

「……」

「死ぬ気になれば、できぬことはあるまい。このわしも、幾たびかの死地をくぐり抜けて、いまここにある。まことの戦いは、死んだと思ったところからはじまるものよ」

庭の赤松の枝を揺らす風の音に耳をかたむけながら、家康が低くつぶやくように言った。

五

板倉勝重は、もともと禅僧であった。

しかし、三河武士の父と、家督を継いでいた弟が相次いで討ち死にし、還俗《げんぞく》して家康のもとに出仕するようになったという数奇な人生を送っている。

禅寺で修行を積んだだけあって、勝重は武辺者の多い三河武士たちのなかではめずらしい教養人で、しかも非凡な民政の才にめぐまれていた。

家康は勝重を重用し、駿府町奉行に抜擢。さらに、徳川家の関東移封とともに江戸町奉行、関東代官をまかされた逸材である。さきごろ、京都所司代（京都奉行）の大任を得て、京に赴任した。

（板倉どのに話を聞けとは、どういうことだ……）

伏見から京へ向かう道々、忠成は考えた。

一度死んで生まれ変われとか、功名は戦場にのみ落ちているものではないとか、家康の言葉はわからぬことばかりである。

ただ、これからたずねようとしている板倉勝重の出世のありかたを思い合わせると、

――功名は戦場にのみ落ちているのではない。

という考え方は、理解できなくもない。

板倉勝重は、けっして槍働きにすぐれた男ではない。駿府や、さびれた城下町にすぎなかった江戸の町づくりに成功し、ついには徳川家の京都出先機関である京都所司代にまで立身していった。

京都所司代といえば、徳川家の年寄衆《としより》（老中）につぐ重職である。京の朝廷対策、大坂の豊臣家の監視、およびそれに心を寄せる西国大名の動きに目を光らせて、広く上方の治安維持にあたっている。非常時には、畿内大名をひきいる軍事指揮権を持っており、家康が勝重に寄せる信頼のほどが知れた。

関ヶ原合戦後、家康は奥平信昌《のぶまさ》、加藤正次を相次いで所司代に任じたが、いずれもこの難しい職務の適任だったとは言い難かった。そこで、京の公家との付き合いもそつなくこなせそうな板倉勝重が、満を持して登用されたのである。

京都所司代屋敷は、徳川家の京の政庁として建造がはじまったばかりの二条城の北にある。

広さ二千坪。

母屋が二階づくりになっており、その屋根の上には京の町を一望のもとに見下ろすことのできる望楼が築かれていた。

忠成は所司代屋敷の門番に名を名乗り、板倉勝重との面会をもとめた。

だいぶ待たされてから、さきほどの門番ではなく、侍が出てきた。

「板倉さまは、そのほうのことなど誰からも聞いておらぬと申されている。待っていても無駄ゆえ、早々に立ち去るがよい」

「ばかな……。わしは殿、いや徳川内府《だいふ》さまじきじきに、所司代の板倉どのをおたずねせよと仰せつかっておるのだぞ。人を愚弄する気か」

忠成は侍を睨んだ。

だが、相手の返事は素っ気ない。

「お会いにならぬと言ったら、お会いにならぬのだ。たたき出されたいか」

「何をッ！」

忠成は侍の胸ぐらをつかんだ。

本来であれば、このような下ッ端の侍に鼻であしらわれるような自分ではない。忠成の名を聞きながら、門前払いを食わせようという板倉勝重にも腹が立った。

（やはり、わが牧野家を不名誉の家柄と蔑《さげす》んでのことか……）

出奔という暗い過去のせいで、忠成はどこまでも卑屈になっていた。

揉み合っているうちに、騒ぎを聞きつけたのであろう。奥から、長槍や六尺棒を手にした所司代の同心たちがわらわらと駆け出てきた。

「この痩せ浪人めがッ！」

大人数に取り囲まれた忠成は、槍の石突で小突かれ、六尺棒で殴られ、袋だたきにあって道端へ投げ出された。

地面に這いつくばる忠成の前で門は閉じられ、二度と開くことはなかった。

みじめだった。

頬は腫れ、唇から血が滲み、深編笠は破れて小袖も泥だらけになっていた。

——死ぬ気でやれ。

と、家康は言ったが、板倉のこの扱いはどうしたことか。

（殿……）

板倉勝重だけでなく、あるじの家康まで腸が煮え返るほど憎くなった。

痛む足を引きずり、京の町をさまよい歩いているうちに、忠成はいつしか橋のたもとに行き着いた。

洛中と洛東を結ぶ、五条大橋である。

橋の下には、鴨川の清流が音もなく流れていた。

忠成は朱塗りの欄干にもたれ、川を眺め下ろした。いつしか、あたりは暮色に包まれはじめている。白い鷺《さぎ》が一羽、川中で寂しく小魚をついばんでいた。

（いっそ、このまま川に身投げでもしてくれようか……）

破れかぶれな気分になったときだった。

「申し」

と、後ろから声をかけてくる者があった。

忠成が振り返ると、そこに若い女人が立っていた。

辻ヶ花染めの小袖をまとい、古風な練絹の被衣《かつぎ》を頭からかぶっている。

その被衣から、ちらとのぞいた顔が、

(橋に巣食うもののけか)

忠成が一瞬、目を疑ったほど、この世ならぬ美しさであった。

「大胡の城主牧野康成さまがご子息、忠成さまにございましょう」

と、そのもののけが言った。

「なぜ、わが名を知っている」

「あなたさまのことなら何でも」

女が意味ありげに笑った。

どこぞの上﨟《じょうろう》であろうか。言葉やたたずまいに、おのずと滲み出る気品がただよっている。それでいて、けっして取り澄ましているわけではなく、忠成を見つめる瞳にぬくもりを秘めた輝きがあった。

「わしのことを存じておると」

「はい」

「からかっているのか」

「さようなことはございませぬ。それよりも、そのお姿……」

と、女に言われて、忠成は自分がひどい格好《なり》をしていることにあらためて気がついた。

「傷の手当てをいたしましょう。それに、お召し替えも」

「余計なお世話だ」

「所司代板倉さまのご命令にございます」

「何……」

「ついておいでなされませ」

口元に微笑を含みながら言うと、女は忠成にくるりと背を向けて歩きだした。

五条大橋を渡ってしばらく行くと、観音の霊場清水寺《きよみず》へ向かう五条坂があらわれる。薄闇の立ちこめはじめた坂を、女は先に立ってのぼってゆく。

五条坂が清水坂とまじわる経書堂《きょうかくどう》の前から、枝道へ折れた。

京に不案内な忠成は知らぬことだが、そこは三年坂と呼ばれる石段のつづく坂道だった。

「こちらへ」

と、女が立ち止まったのは、石段を少し下ったところにある薬医門《やくい》の屋敷の前であった。

勝手知ったるようにくぐり戸をあけ、女は白い手で忠成を手招きした。

「ここは……」

忠成は門を見上げた。

「板倉さまが、あなたさまのために用意した屋敷にございます」

「わしの屋敷だと」

「遠慮なさらず、さあ奥へ」

キツネにつままれたような気分であったが、忠成は女の導きのまま邸内へ足を踏み入れた。

六

屋敷はひっそりと静まり返っている。手入れがよく行き届いているようで、庭に植えられたみごとな枝振りの赤松やカエデの風情も由ありげだった。

玄関で、目つきの暗いくすんだ顔をした小者が二人を出迎えた。小者は無言で女に手燭を渡すと、一礼して去っていった。

間口よりも、奥行きの深い屋敷であった。磨きぬかれた長い廊下を先へ先へとすすみ、裏庭をのぞむもっとも奥まった部屋に通された。

庭には清水が引かれており、木立のあいだから滝の流れ落ちる音がする。庭の向こうは断崖になっているようで、眼下に京の町灯りが星を撒いたように散らばって見えた。

「しばし、これにてお待ち下されませ」

「おい、待て……」

忠成が引きとめる間もなく、女は姿を消した。

しばらくしてあらわれた侍女らしき若い娘たちの手によって、忠成は傷の手当を受け、身を清められ、ぱりっと糊のきいた真新しい小袖と袴に着替えさせられた。

身支度がととのうと、ふたたびさきほどの女が部屋に入ってきた。

「見違えられましたな」

女がまばたきもせずに忠成を見つめた。睫毛《まつげ》が長く、白い横顔が燭台の明りに冴えざえと照り映えている。

「さきほど、ここへ連れて来たのは板倉どのの指図と言ったな」

「はい」

「されば、そなたは板倉どのに召し使われる者か」

「何とでも、ご随意にお考えになってよろしゅうございます。わたくしは、佐和《さわ》と申します。この上方のことでわからぬことがあったら、何なりとお聞き下されませ」

「では、佐和」

忠成は言うと、いきなり女の手首をつかみ、逆に捩《ね》じ上げた。女が眉間に皺を寄せ、苦しげに息をあえがせる。

「この屋敷は何だ。何のために、わしを連れて来た」

「手をお離し下さい。これでは話ができませぬ」

ぴしりと言い放つ声に、思わぬ威厳と強さがある。ただか弱いだけの女ではないらしい。

忠成は女から手を離した。

「これからわたくしが申し上げますること、国元のお父上であろうが、どなたであろうが、ゆめゆめ他言なされますな」

佐和なる女が前置きして語り出したのは、じつに驚くべき話であった。

忠成にこの屋敷を与えたのは、京都所司代の板倉勝重――と言うより、その背後にいる伏見の家康の意思であるという。

「徳川内府さまは、あなたさまに板倉さまのもとで、忍び働きをなしていただくことを期待しておいでです」

「忍び……。このわしに素《す》っ破《ぱ》、乱波《らっぱ》のまねをせよということか」

「そうではございませぬ」

佐和が小さく首を横に振った。

「たとえば、さきの関ヶ原のいくさのおり、伏見城で戦死なされた鳥居元忠さまも、最後まで上方に身を置き、石田、毛利ら、西軍方の武将の動きを調べ上げて、逐一、内府さまに報せておいででした」

「敵情の内偵か」

「あなたさまの役目は、すなわちそういうことでございます」

「しかし、関ヶ原のいくさは内府さまの勝利に終わった。動きを探るべき敵とは……」

「摂河泉《せっかせん》六十五万余石の大名に落とされたとはいえ、大坂には豊臣秀頼さまが健在です。さきのいくさでは東軍に加担した豊臣恩顧の西国大名も油断がなりませぬ」

「なるほど」

そういうこともあろうと、忠成は思った。

関ヶ原合戦に勝利したが、天下の覇権は完全に徳川家康のものになったわけではない。石田三成憎しの思いから東軍に与した福島正則《まさのり》や加藤清正らは、もともと故太閤秀吉子飼いの武将たちであり、その心の底には大坂城にいる秀吉の遺児秀頼への特別の感情があるにちがいなかった。

「そして」

女が声をひそめた。

「京の御門《みかど》や公卿衆、すなわち朝廷もまた、徳川家の意のままに御《ぎょ》さねばなりませぬ」

「虫も殺さぬ顔をして、恐ろしいことを言う女だな」

忠成はまじまじと、佐和の瞳を見つめた。

「わたくしが、恐ろしゅうございますか」

「いや」

「あなたさまに課せられているのは、影働きにございます。所司代の板倉さまを裏からお助けし、徳川の天下を招来するのです」

「その影働きを、わしにやれと申すか」

「はい」

「………」

わけもなく喉が渇き、身震いがした。

その感覚は、出陣前のそれとよく似ている。

「内府さまは、なにゆえこの役目を上方の事情には疎《うと》いこのわしに」

「一度死を覚悟した者ほど、強い者はいないということでございましょう。ご実家の牧野家の浮沈は、ひとりあなたさまの肩にかかっております」

「わしは……」

「いかがなさいます。これから道を引き返して、鴨川へ身を投げられますか」

「そなた、なぜそれを」

「あなたさまのことなら、何でも存じていると申し上げたでしょう」

目を細め、佐和が声を立てずに笑った。

七

忠成は、その日から三年坂の屋敷に住むことになった。

暮らすうちにわかってきたことだが、屋敷で働いている小者や庭師はたんなる下働きではなく、京都所司代直属の忍びの者たちであった。

佐和の話によれば、彼らは伊賀や甲賀の忍びではなく、

――加藤者《かとうもの》

と称される大和国出身の忍びであるという。

加藤者は、その類まれなる幻戯の技をもって世に恐れられてきた。

その昔、武田信玄に抹殺された飛び加藤こと、加藤段蔵《だんぞう》もその一党であった。

初めて三年坂の屋敷をおとずれたとき、忠成を出迎えた目つきの暗い小者は、加藤者を束ねるかしらで、孫蔵《まごぞう》を名乗っていた。仕える者たちだけでなく、屋敷の造りもまた異様である。

表向きは、風流な数寄者《すきしや》の別邸としか見えないが、接客用の書院の床の間の奥には隠し部屋があり、そこに身を忍ばせながら客のようすをうかがうことができる仕掛けになっている。ただの壁だと思ったところを押すと、そこに秘密の通路があらわれ、屋敷の外へひそかに抜け出すこともできた。

佐和は時おり屋敷にあらわれ、忠成の身のまわりの世話をする三人の侍女たちをさしずしたり、忠成に板倉勝重からの指令を伝える役目をしている。

「これ以後は、間違っても京都所司代屋敷に近づいてはなりませぬ」

佐和が言った。

「なぜだ」

「当然でございましょう。あなたさまが足繁く所司代屋敷に出入りしては、朝廷や豊臣家に、あれは徳川のイヌだと教えているようなもの。板倉さまに御用があるときは、わたくしからお伝えいたします」

「あのとき、わしが門前払いを食わされたのはそういうわけか」

「得心《とくしん》なさりましたか」

「そう言うそなたは、いったい何者なのだ」

忠成にとって、佐和は謎の女である。

「あなたさまのお役目にはかかわりのないことです」

佐和は冷たい表情で言った。

「それより、これより半月後、北野天神《きたのてんじん》でもよおされる連歌《れんが》の会の会衆に、あなたさまがつらなる段取りをつけました。席にはほかに、豊臣家家老の片桐且元《かつもと》さま、豊臣家に近い公家の菊亭晴季《はるすえ》さま、安芸広島城主の福島正則さまなどが顔を揃えられます。そこでかの方々と近づきになり、交誼を深められますように」

「おれは連歌など……」

「できぬ、とは言わせませぬ。わたくしが付ききりでお教えいたしますゆえ、そのつもりでおられませ」

強い口調で佐和が言った。

それから半月のあいだ、忠成はほとんど寝ずに佐和から連歌の手ほどきを受けた。教養のある女で、連歌はもとより、茶の湯、香道、万葉や古今《こきん》などの和歌、舞や笛なども堪能であるらしい。

忠成は、文字どおり死ぬ気で連歌の作法を覚え、北野天神でおこなわれる会に参加した。

どういう段取りをしたのかわからないが、ここでは忠成は、——家康から不当な咎《とが》めを受け、徳川家を離れて京で数寄三昧の暮らしを送っている牧野家の勘当息子。

ということになっていた。

佐和の指導の甲斐あって、どうにか連歌の会を無難にこなしたあと、忠成はそのまま酒席につらなった。

酒が入ると、福島正則や菊亭晴季は、忠成の立場にしきりに同情した。

「徳川内府どのは性根の定かならぬ男じゃ。上田城のいくさでそなたと同じ咎めを受けながら、わが息子秀忠の旗本七士は何ごともなかったように赦して加増までし、かたや貴殿は不名誉の汚名をかぶせられたままだ。うわべは篤実そうな顔をしているが、あの男の頭には私欲と野心しか詰まっておらぬ」

正則が酒杯のふちを嘗めながら言った。

「さよう、さよう」

と、薄化粧をした菊亭晴季がうなずいた。

「秀頼さまのこととて、そうでおじゃる。都合のいいことを申して、いつの間にやら天下さまから一大名の座に落とし、いまは我が物顔でまつりごとをとりしきっておられる。盗人《ぬすつと》たけだけしいとは、あのことでござりますのう」

話題は忠成への同情から、しだいにあからさまな家康批判に移っていった。内輪の酒席とはいえ、おだやかな話ではない。徳川譜代の息子である忠成の面前であることなど、まるで気に留めるようすはない。

(なるほど、こういうことであったか……)

忠成は、家康がなぜ自分という男を西国の反対勢力の動きを探る謀者に指名したか、このときはじめてわかったような気がした。

本多正信の処断を不服として出奔した忠成ならば、反徳川の思いを抱く者たちに警戒心を持たれにくい。しぜん、彼らから本音を引き出すことができ、ふところに飛び込むことも可能だった。

北野天神の連歌の会のあとも、忠成は福島正則、菊亭晴季らの茶会や宴会の席に積極的に顔を出し、交友を重ねていった。

ときに、三年坂の屋敷に公家衆や豊臣家臣たちを招き、佐和の手配した美妓たちや山海の珍味でもてなすこともあった。資金は京都所司代の板倉から潤沢に提供されている。客たちは喜び、やがて三年坂の忠成の屋敷に呼ばれることを何よりの楽しみとするようになっていった。

彼らとの付き合いで得た貴重な情報を、忠成は佐和を通じて細大洩らさず板倉勝重に伝えた。

おのが役目をはっきりと自覚した忠成は、みずからすすんで孫蔵らの加藤者を使い、西国諸将の京屋敷を監視して、少しでも怪しい動きがあれば板倉のもとに通報した。

その板倉勝重とは、所司代屋敷ではなく、人目につかぬ場所で、折々、密談をおこなった。

慶長八年二月十二日――。

板倉勝重や忠成らの地道な工作が功を奏し、家康は朝廷より征夷大将軍に補せられた。家康は江戸に幕府を開き、名実ともに天下の最高権力者の座を手中におさめた。

この年秋、家康が伏見から江戸へ帰城したのち、忠成は嵯峨野を流れる大堰川《おおいがわ》の屋形船で板倉勝重に会った。

八

「貴殿はようやっている。さきごろ江戸へもどられた将軍さまも、いたくご満足のようすであった」

二人きりの屋形船のなかで、勝重が忠成の働きを褒めた。

外には船頭が漕ぐ櫂《かい》の音だけが聞こえる。

その船頭も、じつは所司代屋敷の息のかかった者で、川の岸辺には不審な者が近づかぬよう忍びの者たちが伏せられていた。

「恐れ入りましてございます」

京へのぼってからの二年あまりのあいだに、忠成の顔つきは別人かと目を疑うほどに引きしまっている。

先ごろも、家康の孫娘の千姫が大坂城の秀頼のもとへ輿入れするにあたり、豊臣家内にただよう家康の将軍任官への反感を調べ、千姫の障りとなりそうな古参の老女たちを、城内に張りめぐらした人脈を使って遠ざけたばかりだった。

「今後とも、幕府のため、よろしく頼むぞ」

もと禅僧上がりらしく謹厳実直な顔をした勝重が、忠成に酒をすすめた。

忠成は京焼の杯に酒を受け、あおるように呑み干した。その表情は、なぜか浮かない。

「板倉どの」

「何だ」

「それがしは仰せのまま、徳川家のために影働きをなしてまいりました。しかし、近ごろ思うのです。これがまことの侍の仕事であろうかと」

「裏の仕事に嫌気がさしたか」

「さようなことはござりませぬが……」

「隠さずともよい。武士ならば誰しも、華やかな武辺の手柄を夢見るものよ」

勝重が川の流れに目を向けながら言った。

「なるほど、貴殿の役目は表向き、誰に褒められることもない。どれほど大きな働きをしたとて、人に自慢もできぬ。されど、こうは思わぬか」

「は……」

「おのれはほかの誰にも真似《まね》のできぬ仕事をしている。その働きが人を動かし、いくさなき泰平《たいへい》の世を招来する」

「泰平の世にございますか」

「さよう」

板倉勝重が大きくうなずいた。

「いくさなき世になれば、武士のありかたも変わってくる。武辺のみが尊ばれる世も、また変わってくる。わしやそなたのような者が、手を泥で汚しながら時勢の流れを変えてゆくのだ。少なくともわしは、そのことに誇りを持っている」

「板倉どの」

「そなたにも、同じ誇りを持てとは言わぬ。だが、われらがやっているのは、けっして虚しい仕事ではない。それを信じよ」

「その言葉を聞き、少し胸が晴れたような気がいたします」

忠成は顔を上げた。

「それは重畳《ちようじよう》。近ごろ、そなたが何かに迷うているようだと、佐和がいたく心配しておったでな」

「佐和が……」

「うむ」

「以前から、お聞きしたいと思っておりました。あの佐和なる女、一体いかなる素性にございます」

忠成は、思いきったように板倉勝重に問うてみた。

「下々の事情に通じているかと思えば、公家の儀式典礼にも明るく、諸将のあいだに顔も利きます。孫蔵らの加藤者も、あるじに仕えるようにあの女をうやまっているようにございます」

「そうか。そなたは佐和のことを何も知らなんだのか」

板倉勝重が意外そうな顔をした。

「あれはのう、近江の名族六角《ろっかく》氏の重臣だった永原《ながはら》氏の娘よ」

「されば、武家の」

「そうだ。しかし、織田右府《うふ》（信長）さま上洛のおり、逆らった六角氏は滅ぼされ、永原の一門も没落して諸国を流浪することとなった。

その末裔、永原道真《みちざね》が佐和の父にほかならぬ」

「その名家の娘が、なにゆえ板倉どののもとへ……」

「困窮した永原道真が京の土倉《どそう》に借財を重ね、娘の佐和が六条柳町の遊郭へ売り飛ばされそうになったところを、わしが助けたのよ。これも乱世の冷厳な習いとはいえ、哀れと思うてな」

「さような事情がございましたか」

忠成は、めったに胸のうちを見せない女の素顔をはじめて知った思いがした。

「佐和も、おのれに与えられた境遇のなかで、父を助け、永原家を再興しようと必死に闘っておるのだ。なにやら、そなたと似ておるか」

揺れる屋形船の上で、勝重の声が瀬音のように遠く聞こえた。

九

年が明けた慶長九年——。

家康から牧野忠成に、秘命が下った。

「福島正則と縁戚になり、かの者の意中を奥深くまで探れ」

というものである。

福島正則は、母が豊臣秀吉の叔母であったことから、早くから秀吉に小姓《こしょう》として仕え、かわいがられていた。だが、関ヶ原合戦では家康に味方し、安芸広島に五十万石近い大封を得ている。心のうちでは、まだ秀吉の遺児秀頼への忠義を捨て去っていない可能性が高く、その存在を家康はおおいに警戒していた。

かねてより、忠成も福島正則に接近をはかり、豊臣家との関係に目を光らせていたが、家康はさらに一歩踏み込んで、牧野家の係累の女を謀者として正則の内懐ろへ送り込めというのである。

福島正則は尾張の津田長義《ながよし》の娘を正室にしていたが、この妻が早くに亡くなり、以来、独り身を通していた。

幸い、忠成には二十一歳になる妹のお昌《まさ》がいた。十代なかばで嫁ぐのが通例のこの時代にあって、いささか婚期を逃しているのは牧野家が不名誉の汚名を着たために、縁遠くなったからである。

忠成はさっそく、三年坂の屋敷でもよおした連歌の会のさいに、話を福島正則に持ちかけた。五十万石近い大名と、大胡二万石の領主の娘では釣り合いが取れないが、

「上様はわが妹をご自分の養女とし、一万石の化粧料をつけて福島どのへ嫁がせると仰せになっている。福島どのとは、今後とも縁を深めてまいりたい。この縁組、受けてはいただけまいか」

忠成は熱心に話をすすめた。

当初、福島正則は気乗りしないようすであったが、家康の養女格と聞いて自尊心が満足したのであろう。

「貴殿がさほどに申すならば」

と、お昌を妻に迎えることを承知した。

お昌も、自分の役目が牧野家の浮沈にかかわることを深く肝に銘じている。

このころ、諸大名は徳川将軍家への忠誠のあかしとして妻子を江戸に留め置く習いになっている。福島正則の江戸屋敷は芝愛宕下《しばあたごした》にあり、その隣が牧野家の江戸屋敷であったため、嫁ぐといってもほんの目と鼻の先に居を移したにすぎない。

嫁いだのち、お昌は閨《ねや》で交わされた夫婦の会話まで、細大洩らさず京の兄に報告し、近ごろ正則が酒浸りで、往時のような気力を失いかけているとの事実をつかんできた。

(やはり、関ヶ原で豊臣家に弓引く形になったことを悔やんでいるのだな。人の心の奥の奥までのぞくには、おんなに如《し》くものはなしということか……)

忠成は自分にこの役目を与えた家康の慧眼《けいがん》と、為政者としての冷徹さに舌を巻く思いがした。

そのあくる年、家康は将軍位を息子の秀忠にゆずり、みずからは駿府の地へ移って大御所政治をはじめた。

大坂城の豊臣家問題という課題を残しつつも、徳川の世はしだいに固まりつつある。

そうしたある日——。

このところしばらく三年坂の屋敷に姿を見せなかった佐和が、めずらしく思いつめたような顔で忠成の前にあらわれた。

「いかがしたのだ、佐和。病で臥せっておるのではないかと、心配いたしておったぞ」

板倉勝重から女の生い立ちを聞いて以来、忠成はいつしか佐和に対して、特別な感情を抱くようになっている。

同情ではない。若者のような甘い恋でもない。それは、同じ苦しみと重荷を背負って生きる同志に対して抱くような、ぬくみのある思いだった。

「今日は、お暇を申し上げにまいりました」

「何と……」

忠成は驚いた。

「何を言うかと思えば、わしをからかっているのか」

「そうではございませぬ」

佐和が初めて会ったときのような、輝きの強い目で忠成を見つめた。

「もはや、あなたさまにわたくしは必要ありませぬ。いまのあなたさまは、板倉さまの右腕として立派に役目を果たされております」

「それは、そなたの手助けあってのことだ。そなたがおらねば、わしは……」

「わたくしのような女が、これ以上、お側にいてはならぬのです。あなたさまも、いずれは奥方さまをお迎えになられましょう。それを、見ているのが辛いのでございます」

「佐和」

「長いこと、お世話になりました」

佐和が畳に三つ指をつき、静かに頭を下げた。その細い肩が、かすかな震えを帯びている。すすり泣いているようであった。

「行くな、佐和」

忠成は、その震える肩を強く抱き寄せた。

「一生、わしの側におれ」

「忠成さま……」

「わしが心の内をさらけ出せる相手は、そなたをおいてほかにおらぬ」

「わたくしでよいのですか」

「そなたでなくてはならぬと申したはずだ」

忠成は噛みしめるように言った。


慶長十四年十二月、長らく気鬱の病に悩んでいた父康成が、大胡城で死去した。

これにより、忠成は大胡二万石を継承。永原道真の娘佐和を側室にし、のちに三河牛久保以来の老臣たちの反対を押し切って正室の座に据えた。ちなみに、牧野家では京滞在の長い忠成を排斥し、弟秀成を当主にかつごうという動きが起きている。忠成はそれを事前につかみ、反対派を粛清、弟を幽閉した。

三年後、家康は朝廷対策の切り札として、将軍秀忠の娘和子《まさこ》を後《ご》水尾《みずのお》天皇の後宮に送り込むことを画策した。

京都所司代板倉勝重、外様《とざま》ながら家康の信頼篤い藤堂高虎《たかとら》とともに、公家たちを懐柔、ときに恫喝し、入内《じゅだい》の下地造りに奔走したのは、牧野忠成にほかならない。その甲斐あって、翌々年には、和子は入内の宣旨をたまわり、やがて朝廷と幕府の架け橋として江戸から京へのぼることになる。

だが、何と言っても、家康に残された最後にして最大の仕事は、あとあと幕府の禍根になりそうな大坂城の豊臣家を潰しておくことであった。

慶長十九年十月、徳川家康は大坂攻めの軍令を発した。

大坂城には、紀州九度山《くどやま》に配流されていた真田昌幸の二男幸村ら牢人衆が集結し、これに対抗した。

豊臣家子飼いの福島正則は、豊臣方の軍勢には加担しなかった。家康から後陣を命じられた正則は芝愛宕下の屋敷に閉じ籠り、牧野家の監視下に置かれた。体のいい軟禁状態と言っていい。

豊臣方は、籠城戦の前に、忍びの者たちを動員し、京の都を火の海にする計画を立てた。

「かような企てがございますッ！」

大坂城内に放っていた加藤者の注進で、情報をいち早くつかんだ忠成は、敵の動きを探り、京の西郊壬生《みぶ》の地にひそんでいた一党を一人残らず殲滅《せんめつ》した。

忠成は、大坂城攻めの本戦にも牧野勢をひきいて参戦。冬の陣では徳川軍の五番備えをつとめ、また夏の陣でも四番備えとして激戦に加わって、敵の首級二十七を討ち取るという武功を挙げている。

豊臣家は、太閤秀吉が築いた大坂城とともに、炎のなかに滅び去った。

その翌年の元和二年（一六一六）春、徳川家康は駿府城で死去した。

死の前、家康は将軍秀忠に遺言を残した。

「牧野忠成は、骨身を惜しまずよく働いてくれた。牧野家に厚く報いてやるがよい」

家康は、満足げな笑みを浮かべて言った。

同年七月、忠成は越後国長峰《ながみね》五万石に加増転封されている。さらに二年後、同国長岡六万二千余石に加増転封。初代長岡藩主となった。

家康亡きあと、徳川政権の強化をはかる将軍秀忠は、やがて豊臣系の大名たちの粛清に乗り出した。

その大きな標的となったのが、福島正則である。

元和五年、正則は広島城の石垣の修築を幕府への届け出なしにおこなった罪で、改易に処せられることとなった。

（ついにこの日が来たか……）

関ヶ原合戦のあとに京へのぼり、福島家の懐ろに食い込んでから、思えば長い歳月であった。

福島正則のもとには、妹のお昌が嫁いでいる。お昌が生んだ幼い二人の娘たちも、福島家にはいた。

忠成は将軍秀忠から、福島正則に改易を伝える上使《じようし》に命じられた。

徳川幕府に牙を抜かれたとはいえ、福島正則はかつて剛勇をもって鳴らした男である。

「追い詰められれば、福島はどのような暴挙に出るかわからぬ。ゆめゆめ油断してはならぬぞ」

忠成は家臣たちに厳命し、いざとなればお昌と子らを力ずくで奪い返す覚悟をもって、牧野邸の隣の福島家江戸屋敷へ乗り込んだ。

予想に反し、福島正則は殊勝な態度で改易の通達を聞いた。

そして、国元の城代家老に宛てて、

「広島城を穏便に明け渡すよう」

との書状をしたためたのち、妻のお昌と二人の娘を連れて忠成の前にあらわれた。

「わしは武辺をもって故太閤さまにお仕えし、数々の功名を挙げ、徳川家にも忠節を尽くしたつもりであった。だが、わしはどうやら、貴殿のようにしぶとく生き抜くという最後の戦いに敗れたようだ。貴殿と刺し違えて死ぬことも考えたが、子らのことを思うとそれもできぬ。貴殿にこの者どもを託すゆえ、あとのことは頼む」

と言うと、福島正則ははらはらと涙を流した。

「承知いたした」

老雄の涙が、胸にせまった。

上使の任を無事に果たしたことにより、牧野忠成は古志郡栃尾《とちお》に一万石を加増され、あわせて七万二千余石（のち、さらに二千石を加増）の堂々たる大名となった。譜代でこれだけの石高となれば、幕閣の中枢にもつらなることのできる家格である。

忠成は、牧野家を廃絶の危機から影働きによって救い、みごとに再興させた。だが、その事実については、長岡藩の正史にはいっさいしるされていない。

長岡藩には、

——常在《じょうざい》戦場

という藩是がある。

表面を読んだだけでは、つねに臨戦態勢を取り、いざ合戦となったら命惜しみをせず烈しく戦えというように解釈される。

しかし、その真の意味は、たとえ合戦場で華々しく手柄を挙げることができなくとも、

「手柄は人生のどこにでも落ちている」

初代藩主牧野忠成自身の生きざまが、色濃く投影された言葉であろう。

本書は、株式会社文藝春秋のご厚意により、文春文庫『常在戦場』を底本としました。但し、頁数の都合により、上巻・下巻の二分冊といたしました。

常在戦場　下

（大活字本シリーズ）

2021年5月20日発行（限定部数700部）

底　本　文春文庫『常在戦場』

定　価　（本体3,100円＋税）

著　者　火坂　雅志

発行者　並木　則康

発行所　社会福祉法人　埼玉福祉会

埼玉県新座市堀ノ内3—7—31　〒352—0023

電話　048—481—2181

振替　00160—3—24404

印刷製本所　社会福祉法人　埼玉福祉会　印刷事業部

ISBN 978-4-86596-424-0

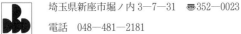